# John Murolo
# Hirvet **eivät** puhu englantia

Suomentanut Heli Vuorenmaa

Hirvet **eivät** puhu englantia

Published by New Generation Publishing
www.newgeneration-publishing.com

First Published in 2011

Copyright © John Murolo 2011

ISBN: 978-1-9087754-6-7

SISÄLLYSLUETTELO

# ESIPUHE

Kirjani tapahtumat sijoittuvat noin 15 vuoden ajalle alkaen 1996, ja ne kertovat kokemuksistamme Suomessa.

Nämä eivät ole satunnaisen matkailijan näkemyksiä. On kyse syvästä kiintymyksestä, joka on kehittynyt Suomessa viettämiemme puolen vuoden jaksojen aikana pitkän ajan kuluessa kauniiden kesien ja hyvin ankarien talvien aikana asumalla pienessä yhteisössä, jossa perinteet vielä elävät.

Tarkoituksenani on tehdä Suomea paremmin tunnetuksi ja arvostetuksi maailmalla, mutta ennen kaikkea saada itse suomalaiset ymmärtämään paremmin itseään sekä maataan. Suomalaisten pitäisi unohtaa perusvaatimattomuutensa ja ujoutensa ulkomaalaisiin nähden, sillä Suomihan on teknisesti erittäin kehittynyt yhteiskunta ja nauttii maailmanlaajuista yleistä arvostusta

Tämä ei ole matkakirja, vaan keskittyy luonnehtimaan sekä suomalaisia että heidän tapojaan ja pyrkii kirjallisin keinoin kuvailemaan tämän maailman laidalla sijaitsevan maan luonnonkauneutta.

# KIITOKSET

Tämä teos on yhden henkilön kirjoittama, mutta se kertoo sekä minun että vaimoni kokemuksista tässä kauniissa maassa monien vuosien ajalta.

Monet hyvät ystävät ovat vaikuttaneet kirjan syntyyn joko tieten tai tietämättään, yksinkertaisesti olemalla ystäviämme. Toiset taas ovat tarkoituksella auttaneet meitä ymmärtämään maataan paremmin ja saamaan tosiasiat kohdalleen.

Nimilista olisi liian pitkä ja luultavasti ikävystyttäisi lukijaa, mutta kaikki ystävät kyllä tietävät, että olen ajatellut heitä.

Olen erityisen kiitollinen vaimolleni, joka joutui viettämään monet illat yksinään, torkahdellen television edessä istuessani työhuoneessani tietokoneen äärellä, kirjoittaen. Hän on ollut kärsivällinen ja kannustava, antanut uusia ideoita ja muistuttanut minua monista jo unohtuneista tapahtumista.

Kirjani on omistettu hänelle.

# LUKIJALLE

Suomi on tuntematon maa.

Useimmat tietävät sen sijaitsevan jossakin pohjoisessa, lähellä Venäjää. Monet sekoittavat sen Islantiin. Monet tuntuvat kuulleen Suomen hyttysistä ja poroista. Ja tietenkin useimmat alle 10-vuotiaat lapset tietävät, että joulupukki ja muumit asuvat Suomessa. Siinäpä se sitten onkin, sillä sana Finland merkitsee kirjaimellisesti "maan loppua".

Tämä kirja pyrkii esittelemään Suomea niille, jotka eivät sitä tunne, luomaan katsauksen kulttuuriin, pienen ja viehättävän kansan tapoihin ja erityispiirteisiin luonnonkauniissa maassa, jonka vuodenkierto tuntuu selkeästi jakautuvan kahteen: kesään ja talveen.

Vietettyämme pitkiä yhtäjaksoisia aikoja yhden Suomen suurimpiin kuuluvan järven rannoilla Keski-Suomessa noin 15 vuoden ajan pidämme itseämme täysin sopeutuneina asujaimistoon ja tunnemme olevamme kiinteä osa maaseutuyhteisöä, joka muodostaa Suomen sekä pitkän että lyhyen aikavälin historiallisen selkärangan.

Rakkauteni Suomea kohtaan on innoittanut minua kirjoittamaan tämän kirjan, jotta voisin tarjota objektiivisen näkökulman tähän maahan, joka tuntuu koostuvan enemmän vesistöistä kuin maasta, ja jossa ikimetsien vuosisatainen voima ja salaperäisyys vieläkin muokkaavat ihmisten luonnetta. Täällä maapallo-poloisemme yhä kiihtyvä kujanjuoksu kohti tuhoa tuntuu kaukaiselta ja lähes mahdottomalta ajatukselta.

Satuin hiljattain näkemään vanhan Pohjois-Euroopan kartan vuodelta 1486. Siinä olivat juuri ja juuri tunnistettavissa Englannin, Tanskan, Norjan, Ruotsin sekä tulevien Baltian maiden ääriviivat. Suomea siinä ei ollut. Vain 6 vuotta myöhemmin Kolumbus oli löytävä kaukaisen, uuden maailman, mutta kartantekijä ei vielä 1400-luvun lopulla ollut löytänyt Suomea.

Tutkimusmatkailijat ajattelivat luultavasti, että Pohjois-Tanskan rannikolta, Hamletin Elsinoren linnan muureilta selkeästi näkyvän Ruotsinmaan takana ja Pohjanmeren talvimyrskyjen jälkeen maailma loppui ja peittyi usvaisten ja jäisten ikimetsien varjoihin.

Vielä nykyäänkin Suomi on salaperäinen maa ja sen vuoksi huonosti ymmärretty ja vähän tunnettu maailmanlaajuisesti. Toivottavasti tämä kirja onnistuu paljastamaan jotakin Suomen viehätysvoimasta ja auttaa suomalaisia saamaan hieman lisää itseluottamusta, jota he tarvitsevat. Toivottavasti kirja saa heidät myös tajuamaan, kuinka onnekkaita he ovatkaan saadessaan asua sellaisessa harvinaisessa maailmankolkassa, jossa kehittyneestä teknologiakulttuurista huolimatta yhteiskunnassa on onnistuttu säilyttämään rehellisyys ja aimo annos tervettä järkeä.

Ehkä onnistun kirjallani vakuuttamaan suomalaiset siitä, ettei heidän vaatimattomuudelleen ja itseluottamuksen puutteelleen ole täydellisenä ja kehittyvänä yhteiskuntana minkäänlaista perustaa. Kansan perusrehellisyys - Suomihan oli ainoa maa, joka suoritti sille määrätyt sotakorvaukset toisen maailmansodan jälkeen - sekä sen teknologiset saavutukset yli 40 vuoden aikana tekevät Suomesta yhden maailman moderneimmista ja kunnioitetuimmista maista.

Kunhan he vain pystyisivät säilyttämään metsänsä tulevinakin vuosina!

# METSÄRETKELLÄ

Hyvät ystävämme Tuomo ja Paula noutivat meidät kotoamme noin yhdeltätoista illalla. Oli joulukuun 28. päivä, ja muiden tavoin mekin yritimme pitkittää joululoman tunnelmaa, joka aina tuntuu haihtuvan heti kun joulu on ohi ja enemmän tai vähemmän onnistuneet jouluruuat syöty, ja jäljelle jää vain tietynlainen tyhjyyden tunne.

Oli satanut lunta koko päivän ja pyrytti yhä sankasti, suuria, pehmeitä hiutaleita. Vanha punainen Volvo kehräsi hiljaa hautausmaan viertä. Siellä paloivat edelleen sadat kynttilät muistuttaen jouluaaton pitkästä perinteestä käydä poismenneiden rakkaiden haudoilla.

Nastarenkaat pureutuivat tiiviiseen lumeen aiheuttaen vaimean, narskuvan äänen. Lämpötila oli nopeasti laskenut 20 astetta nollan alapuolelle. Välimeren maissa tunnettu vanha teoria, ettei voi sataa lunta kun on pakkasta, osoittautui täysin vääräksi. Autossa oli lämmintä ja olimme kaikki hyvällä tuulella.

Olimme pukeutuneet tilanteeseen sopivasti hiihtohaalareihin, villamyssyihin ja käsineisiin, ja jostain syystä olin jopa ottanut terävän metsästyspuukon taskuuni. Se oli ilman muuta täysin tarpeeton, mutta minusta tuntui, että metsäretki – erityisesti tähän aikaan illasta ja keskellä talvea – vaati pienen puukon antamaa lapsekasta turvallisuuden tunnetta.

Olin ostanut isommankin puukon Helsingistä ihan ensimmäisellä vierailullamme joitakin vuosia sitten kun olimme päättäneet viettää uudenvuoden viikonlopun Suomessa. Kauppa oli täynnä suomalaista tavaraa – jotkin aitoja ja toiset taas ilmiselvästi

9

valmistettu Kaukoidässä – ja puukkoja oli runsaasti. Ne oli todellakin valmistettu Suomessa, ja ne näyttivät vaikuttavilta ja hyvin teräviltä.

Siihen aikaan oli vielä mahdollista ottaa teräaseita lentokoneen matkustamoon joutumatta pidätetyksi, joten vein puukon matkamuistona Englantiin. Se on vieläkin vaatekaapissani nahkatupessaan, eikä sitä ole koskaan käytetty, se vain tuo mieleen mukavia muistoja. En usko, että minulla olisi aikaa tai halua yrittää käyttää sitä, vaikka meille murtauduttaisiin keskellä yötä. Mutta kaiken kaikkiaan, puukko näyttää vaaralliselta ja lohdullisen turvalliselta.

Celian retkikorissa oli makkaroita, sinappia ja leipää; ja meillä oli soihdut. En voinut mitään tunteelle, että olimme hieman hulluja (oliko keskiöinen piknik joulukuussa normaalia ...) mutta kuten sanotaan: "maassa maan tavalla".

Tuomo ajoi noin 20 minuuttia pitkin syrjäistä maantietä, joka seurailee Vesijärveä. Himmeitä valopilkkuja näkyi silloin tällöin tummien puiden keskeltä, kuin pieniä majakoita muuten niin tyhjässä, auton ajovalojen halkomassa mustavalkoisessa maisemassa. Lunta näytti pyryttävän vauhdilla, paksujen hiutaleiden aaltoina. Ne ympäröivät auton kuin sitä olisi työnnetty näkymättömän tuulitunnelin läpi.

Ystävämme olivat kutsuneet meidät mukaan esitelläkseen meille jotain uutta, josta emme vielä tienneet, vaikka olimme jo viettäneet 5 talvea tässä maassa. Yllätyksiä tulisi vielä paljon. Kun Paula sanoi heidän tulevan noutamaan meidät kello 11 illalla, emme yhtään tienneet, mitä odottaa. Olimme vain hieman huvittuneita kun meidän piti pukeutua aikaan, jolloin normaalisti menisimme nukkumaan. Paula sanoi tuovansa mukanaan kahvia.

Emme uskaltaneet myöhästyä; olimme oppineet, ettei se Suomessa sovi, joten olimme valmiita hyvissä ajoin ennen kello yhtätoista. Olimme toppavaatteissamme sulamispisteessä kun auto ajoi pihaamme. Emme koskaan elämässämme – ja olemme sentään vierailleet sekä asuneet useissa eri maissa – ole törmänneet yhtä tarkkoihin ja täsmällisiin ihmisiin. Ajan suhteen suomalaiset eivät tee kompromisseja; he muistavat tunnin ja minuutin pitäen siitä kiinni uskonnollisella hartaudella. Voin vain kuvitella suomalaisen hämmennystä, kun englantilainen kutsuu hänet päivälliselle kello 19.30 – 20.00. Mitä se tarkoittaa? Tarkoittaako se kello 19.30 vai kello 20.00? Entä jos saavun kello 19.45? Mitä tapahtuu kello 19.30 ja kello 20.00 välillä?

Kun asuimme Italiassa ja kutsuimme ystäviämme drinkille tai päivälliselle, saatoimme rauhassa laittaa kylpyveden valumaan siinä vaiheessa kun vieraiden piti saapua, koska tiesimme heidän tulevan ainakin tunnin myöhässä. Italiassa tämä on maantapa, Suomessa se on käytännöllisesti katsoen laitonta, ja täsmällisyys sopii meille hyvin. Välimeren maissa täsmällisyys on tuntematon käsite.

Lunta satoi edelleen kun Tuomo parkkeerasi pienelle levähdyspaikalle. Otimme esiin reppumme, makkaramme, leipämme, kahvimme ja muita retkitarvikkeita, ja pian seurasimme Tuomoa tietä pitkin. Raskas lumi taivutti puiden oksia, ja soihtujemme valot leikkivät lumihiutaleiden kanssa saaden aikaan outoja varjoja tien molemmin puolin: jokainen puu muuttui sekunnin ajaksi pohjoisen talvisadun oudoksi olioksi.

Tuomo piti yllä hyvää vauhtia näyttäen tietävän minne oli menossa. Sitten hän kääntyi jyrkästi yli lumiauran tekemän penkan suoraan metsään. Hän näytti mieheltä, jolla on tavoite. Emme olleet nähneet minkäänlaista tienviittaa missään, kaikki oli pimeää ja hiljaista, kaikki näytti samanlaiselta kuin lumen peittämässä maisemassa yleensäkin. Ja kuitenkin Tuomo tiesi minne mennä.

Eteneminen oli vaikeaa syvässä lumessa. Tie oli ollut helpoin osuus. Nyt olimme polviamme myöten lumessa epätasaisella pinnalla ja halusimme keskittää katseemme johtajaamme, jos vaikka eksyisimme ikiajoiksi tuohon hiljaiseen maailmaan suomalaiseen metsään keskellä talvea. Yritimme astua Tuomon ja Paulan jalanjälkiin, mutta sekään ei ollut helppoa. Ihmisillä on niin erilaiset ja eripituiset jalat, että olimme koko ajan vaarassa kaatua yrittäessämme sovittaa omia jalanjälkiämme Tuomon ja Paulan jättämiin.

Huolestuimme myös useista eläinten lumeen jättämistä jäljistä. Jotkin niistä näyttivät hyvin isoilta, eivät suinkaan jäniksen jäljiltä, jotka tunsimme hyvin, koska Herra Jänis vieraili usein öisin puutarhassamme. Ystävämme eivät tuntuneet piittaavan jäljistä tuon taivaallista. Tartuin taskussani olevaan puukkoon tuntien oloni typerästi turvallisemmaksi.

Saavuimme viimein pienelle puiden keskellä olevalle aukiolle. Soihtumme valaisivat pienen hirsilaavun, joka näytti vankkarakenteiselta edessään iso aukko ja lattia reilusti maanpinnan yläpuolella. Se avautui kohti kiviympyrää, jonka keskellä oli grillitaso ja jonka ympärillä oli joitakin puunkantoja istuimina. Kaikki näytti epätodelliselta.

Celia ja Paula istuutuivat laavun puulattialle heiluttaen jalkojaan lumisen maan yllä kuin lapset, jotka istuvat liian korkealla tuolilla. Purimme reppumme, ja Tuomo asteli pimeyteen kohti katosta, josta hämmästykseksemme löytyi siististi pinottuja polttopuita. Soihdun valossa näimme myös, että sinne oli jätetty kirves siltä varalta, että polttopuut loppuisivat. Ei mitään varoituskylttejä, ei minkäänlaista mainintaa kirveiden vaarallisuudesta, eikä missään lojunut irtojäseniä todisteena. Vain yksinkertainen kirves puiden pilkkomiseen, ei enempää, ei vähempää. Ihmisten oletetaan tietävän ilman käyttöohjeita, mihin kirvestä käytetään. Mielikuvat onnettomuuksista ja vakuutuskorvauksista tulivat heti mieleemme. Mutta olimmehan Suomessa, missä vielä käytettiin maalaisjärkeä. Kirves oli vapaasti kaikkien käytettävissä.

Puuvajan vieressä oli toinen pieni rakennelma, ulkovessa. Niin alkeellisesta kuin se kuulostikin, se oli käymälä. Toden totta, puuvessa keskellä metsää!

Meistä näytti, että Tuomo ja Paula olivat etukäteen varanneet paikan piknikkiämme varten. Paljosta paistamisesta mustuneet makkaratikut nojasivat seinää vasten. Siellä oli myös vieraskirja siististi pussissa naulassa roikkuen. Ennen meitä siellä oli käynyt ihmisiä Virosta, Lapista, Kanadasta ja muista paikoista.

Ystävämme selittivät, että tällaiset laavut ovat hyvin yleisiä Suomen metsissä. Niitä pitää yllä paikallinen kunnanhallinto. Matkalaiset saavat suojaa, hiihtäjät voivat levähtää, perheet voivat tehdä yhteisiä retkiä ja hullut turistit keskiöisiä metsäretkiä. Laavujen lattiat ovat aina reilusti maanpinnan yläpuolella sekä turvallisuuden että lämmöneristyksen takia.

13

Nämä paikat on merkitty karttoihin. Tämä osoittaa, miten tärkeä rooli metsillä on suomalaisten elämässä.

Tuomo sytytti nuotion ladottuaan ensin puita kivien väliin. Pian tulen hehku valaisi ympäristön. Makkaramme maistuivat mainioilta, ja kahvi lämmitti mukavasti. Istuimme seuraavat kaksi tuntia nuotion ympärillä jutellen ja naureskellen 20 asteen pakkasessa. Ajattelin välillä, että olimme hupsuja, mutta jos se oli hulluutta niin sitä sitten parhaimmassa muodossaan. Itse asiassa se oli luontoa parhaimmillaan. Emme palelleet emmekä pelänneet. Tunsimme nyt kuuluvamme hyvin etuoikeutettuun maailmaan.

Kotiin tultuamme olimme kovin väsyneitä, mutta emme menneet heti nukkumaan, vaan juttelimme vielä illasta hyvin ansaitun viskilasillisen äärellä. Paula ja Tuomo olivat hyviä ystäviä, ja tällä yksinkertaisella tavalla he olivat näyttäneet meille Suomea.

# HELSINKI

Joitakin vuosia sitten päätimme viettää muutamia viikonloppujamme sellaisissa Euroopan pääkaupungeissa, joissa emme jostain syystä olleet voineet tai halunneet ennen käydä. Usein ihmiset matkustavat eksoottisiin paikkoihin kaukomaille ja laiminlyövät lähellä olevat kohteet. Eurooppa on sopivankokoinen viikonloppumatkaan melkein minne tahansa, ja olimmekin olleet useissa kaupungeissa, viimeisimpänä Kööpenhaminassa joitakin viikkoja sitten.

Varasimme siis hotellin Helsingistä. Tiesimme Suomesta hyvin vähän. Celialle ainut linkki Suomeen oli suomalainen au-pair, joka oli huolehtinut hänen ystävänsä lapsista monta vuotta sitten, ja minulle setä, joka päätyi tuomaroimaan miekkailu-otteluita Helsingin olympialaisissa vuonna 1952.

Suomi oli aina tuntunut olevan maan äärissä; kaukainen, kylmä maa puristuneena Venäjän kylkeen, tunnettu ainoastaan poroistaan ja joulupukista sekä värikkäistä saamelaisasuista. Olimme uteliaita. Ostimme Englannista pienen matkaoppaan, joka kertoi, että Suomen valuutta on markka, kahvi on kansallisjuoma ja että suomalaiset saunovat mielellään. Eipä ollut paljon.

Saavuimme Vantaan lentoasemalle iltapäivällä joulukuun 30. päivä 1996. Alkoi jo hämärtyä, ja yritimme lyhyen keskustaan ajon aikana imeä itseemme mahdollisimman paljon vaikutelmia: puiden välistä vilkahti satunnaisesti valoja, pieniä kultaisia pisteitä pakenemassa metsikössä olevien talojen mustia varjoja. Tai tienviittoja, joita oli mahdoton lukea. Tämä oli hyvin erilainen maa. Maassa oli lunta, ja kaiken yllä oli postikorttimainen, puuvillanpehmeä tunnelma.

Hotelli Vaakuna oli iso ja huonosti valaistu rakennus. Siellä oli luolamainen aula, jonne oli sinne tänne siroteltu ruskeita nahkanojatuoleja, eikä se tehnyt erityisen kutsuvaa vaikutelmaa. Siellä istui muutamia ihmisiä hiljaisuuden vallitessa, kuten rautatieaseman odotushallissa. Muistan kysyneeni naispuoliselta vastaanottovirkailijalta apua matkalaukkujen kantamisessa. Kohotettuaan kulmiaan hän tuli itse kärräämään matkatavaramme hotelliin. Olin nolo.

Kun olin tehnyt hotellivarauksen puhelimitse Englannista, minulta oli kysytty, halusinko huoneen vesisängyn vai saunan kera. Kysymys hämmensi minua ja valitsin jälkimmäisen, sillä en ollut varma, oliko vesisänky jotain eroottista vai aiheuttaisiko se merisairauden. Emme olleet ennen nukkuneet vesisängyssä. Emme olleet saunoneetkaan, mutta se vaikutti mielenkiintoisemmalta seikkailulta. Avulias rouva puhelimen toisessa päässä oli erittäin kohtelias ja puhui moitteetonta englantia.

Oli vuoden 1996 loppu, ja aioimme viettää uudenvuodenaaton Helsingissä. Pidimme Helsingistä heti. Olimme kävelleet pitkin Esplanadia ja päätimme illastaa ravintolassa, jonka löysimme sivukadun kulmasta. Ravintolan nimi oli Rikhard. Olemme hiljattain saaneet tietää, että siitä on sittemmin tullut muodikas ja kuuluisa ranskalainen ravintola, Chez Dominique.

Rikhard oli siihen aikaan melko kapea ja pitkänomainen ravintola, ja pitkän baaritiskin takaa saattoi seurata kokkien työskentelyä. Henkilökunta sai meidät heti tuntemaan itsemme tervetulleiksi, he puhuivat englantia ja toivat pöytään englanninkielisen ruokalistan. Söimme yksinkertaisen mutta herkullisen illallisen, jota nuori tarjoilija oli suositellut: leivänmuruissa pyöriteltyä kalaa ja valkosipuliperunoita. Palasimme Rikhardiin muutama vuosi myöhemmin yöpyessämme Helsingissä saadaksemme vaihtelua mökkilomaamme Keski-Suomessa ja totesimme, että ruoka oli edelleen erinomaista. Nykyään Chez Dominiqueen pitää tehdä pöytävaraus hyvissä ajoin, ja minulle on kerrottu, että ruoka on hyvin korkeatasoista. Emme ole vielä sitä maistaneet.

Muistan kävelleeni Esplanadilla seuraavana aamuna ihaillen Pohjoisesplanadin kauppoja, kauniita rakennuksia, kahviloita, suurta Akateemista Kirjakauppaa ja kauppatoria, jossa kala-, vihannes- ja käsityövalikoima oli laaja. Kaikki oli hyvin puhdasta ja siistiä ja ihmiset ystävällisiä.

Illalla – uudenvuodenaattona – menimme Senaatintorille ja seisoimme kuin sillit suolassa juhlivan ihmisjoukon keskellä. Ihmettelimme, miten raketteja ammuttiin keskellä toria, näennäisesti viis veisaten turvallisuudesta. Näimme sielumme silmin silmävammoja, palaneita hiuksia, irronneita sormia ja savuavia vaatteita. Muutamia poliiseja käveli ihmisjoukon keskellä, mutta he eivät näyttäneet erityisen huolestuneilta. Siellä me seisoimme satojen, luultavasti maailman joka kolkalta saapuneiden ihmisten keskellä nauttien tästä villin, tunteettomaksi sanotun pohjolan uudenvuodenjuhlasta.

Lyhyen kävelymatkan päässä oli ravintola Amadeus, naisten johtama kaunis ravintola, jossa söimme herkullisen uudenvuoden illallisen. Amadeus on jo kauan sitten suljettu, ja sen paikalla on nyt meksikolainen ravintola. Emme ole menneet takaisin.

Amadeuksen myötä Helsinki menetti yhden kulinaarisen huippukohteen. Meillä oli jotenkin kotoinen olo, ikään kuin meillä olisi entisessä elämässämme ollut näkymätön yhteys tähän maahan ja näihin ihmisiin.

Helsinki on suhteellisen pieni kaupunki. Kaikki on kävelymatkan päässä. Kauppatorilta, jonka taustana on upea ortodoksinen Uspenskin katedraali, on Olympiastadionille vain noin 40 minuutin kävely. Juuri siinä piilee kaupungin viehätys. Sillä on vielä inhimilliset mittasuhteet, kuten "kylillä", joista Lontoo koostuu. Piccadillyllä olet osa joukkoa, mutta Notting Hill High Streetillä tai Camden Marketilla tai Chiswickissä Thamesin rannalla voit vielä tuntea itsesi yksilöksi. Helsingissä on aina inhimillinen tuntu.

En koskaan unohda vastaanottovirkailijan ilmettä, kun kysyimme häneltä seuraavana päivänä neuvoa, miten nähdä kuuluisat järvet. "Mutta ne ovat jäässä", hän sanoi hymyillen. "Ette näe niitä." Oli miten oli, hän ehdotti, että menisimme junalla Tampereelle, Suomen toiseksi suurimpaan kaupunkiin. (Vanhan pääkaupungin Turun asukkaat olisivat varmasti toista mieltä, mutta koska olen vieraillut kummassakin, kallistun Tampereen puoleen, vaikka se tekee minusta Turussa erittäin epäsuositun.) Junamatka kestäisi noin puolitoista tuntia, ja näkisimme hieman maaseutua, joskin lumen peitossa. Rautatieasema oli vastapäätä hotellia, joten päätös oli helppo.

Valtavat kivimiespatsaat rautatieaseman kupeilla ovat näkyvä maamerkki. Aseman on suunnitellut kuuluisa arkkitehti Eliel Saarinen, ja rakennus on täydellinen vastakohta torin toisella laidalla seisovalle rumalle betonilaatikolle, jonka iltaisin valaisevat mainoslauseet ja firmojen nimet. Helsingin rautatieasema kuuluu maailmanlaajuisesti vaikuttavien ja arkkitehtonisesti upeiden rakennusten kategoriaan. Asemat ovat usein rumia ja mielenkiinnottomia rakennuksia, jotka on sijoitettu kerrostalojen väliin ja joita ohikulkijat tai junamatkustajat tuskin katsovat kahdesti.

Helsingin rautatieasema ei ehkä ole kaunis, mutta se on todella vaikuttava, ja se säilyy mielessä kuten St. Pancrasin asema Lontoossa tai Milanon keskusrautatieasema.

Asema näyttää sisältä samalta kuin muutkin asemat länsimaissa. Päähalli kuhisee ihmisiä, joilla on kaikenlaista matkatavaraa, jotka saapuvat tai lähtevät, sanovat näkemiin tai tervetuloa. Halli on tavallinen, persoonaton ja vetoisa tila kuten New Yorkissa, Lontoossa tai Pariisissa, tai jopa Glasgowssa tai Kölnissä. Ihmiset ovat aina kiireisiä rautatieasemalla. Lentoasemalla kiireinen ihminen on poikkeus, jota katsotaan alta kulmien, koska yleensä juuri hän viivyttää koneen lähtöä. Kukaan ei näytä rentoutuvan rautatieasemalla. Kaikki näyttää sotkuiselta. Helsingin rautatieasema ei ollut poikkeus.

Matkustimme Tampereelle. Juna lähti ajallaan (no tietenkin, olimmehan Suomessa); se oli puhdas ja lämmin ja saapui perille aikataulun mukaisesti. Nenät kiinni ikkunassa katselimme lumen paljoutta ja uskoimme nähneemme myös joitakin järviä, myös lumen peitossa. Järviä oli vaikea erottaa laajoista pelloista. Olimme varmoja siitä, että kyseessä oli järvi vasta kun näimme yksittäisiä pilkkijöitä siellä täällä.

Vietimme mukavan päivän Tampereella. Kun palasimme asemalle Helsingin junaa odottamaan, kuulimme kovaäänisistä ilmoituksen, että valitettavasti junamme oli noin 20 minuuttia myöhässä. Odottavat matkustajat näyttivät olevan viivytyksestä närkästyneitä, sillä tulihan juna sentään vain Lapista – noin 1000 kilometriä pohjoisempaa! Keskitalvella! Kun juna lopulta saapui ja pysähtyi laiturille, sen etuosaa peitti jää ja ovia täytyi lämmittää ennen kuin ne voitiin avata. Ne olivat jäätyneet kiinni. Meidän mielestämme 20 minuutin viivästys vaikutti erittäin kohtuulliselta.

Hotellihuoneeseen palattuamme meillä oli runsaasti aikaa rentoutua ja sitten syödä illallista seuraavassa hyvässä ravintolassa, nimittäin Königissä, joka sijaitsee hotellista vain muutaman sadan metrin päässä. Meillä oli ollut hyvä päivä. Iltaan mennessä olimme tehneet päätöksen: halusimme talon Suomen maaseudulta. Hotellin vastaanottovirkailijan ehdotus oli ollut erinomainen.

Olemme tuon ensimmäisen viikonlopun jälkeen olleet Helsingissä monta kertaa ja yöpyneet muutaman kerran samassa Hotelli Vaakunassa kuin silloin. Siitä on sittemmin tullut Sokos-hotelli, osa S-ryhmää. Viimeisin kerta oli elokuussa muutama vuosi sitten hyvin kuuman ja kostean kauden aikana. Olimme päättäneet tulla bussilla mökiltämme, ettei meidän tarvitsisi huolehtia parkkipaikasta tai ajaa pitkin tuntemattomia teitä. Bussi oli ollut ilmastoitu ja yllättävän edullinen. Hotelliin saapuessamme olimme valmiita nauttimaan rentouttavat drinkit huoneessamme, joka sijaitsi ylimmässä kerroksessa ja josta pääsi kattoterassille.

Valitettavasti huoneessamme oli koko seinä pelkkää ikkunaa, jota vasten aurinko porotti, ja siellä oli kestämättömän kuuma. Kun soitin vastaanottoon, sain kuulla, ettei huone ollut ilmastoitu; rakennus oli liian vanha jäähdytysjärjestelmän asentamiseen, joten meidän oli vain kestettävä. Mutta koska Suomi on Suomi ja suomalaiset suomalaisia, huoneeseemme saapui pian nuori nainen mukanaan kaksi isoa, jalallista tuuletinta. Hän pahoitteli monisanaisesti epämukavaa oloamme. Meillä ei ollut enää sydäntä valittaa. Astuimme kattoterassille juomat käsissämme ihailemaan näköalaa rautatientorille ja istuuduimme juuri niin varjoon kuin vain voimme pienessä tilassa. Kuuma elokuun tuulenvire tuntui hieman viileämpänä katolla, ja liikenteen melu alhaalta kantautui korviimme vain vaimeasti. Olimme iloisia ollessamme taas Helsingissä.

Monta vuotta ja useita vierailuja myöhemmin nautimme yhä kaupungista ja sen pysyvästä lomatunnelmasta sekä rennosta ilmapiiristä. Katselemme usein aamuisin Esplanadin puiston läpi käveleviä töihin menijöitä; heillä on salkut ja joillakuilla puvut. Olen aina ihmetellyt, kuka on keksinyt businesspuvun käsitteen: onko businesspuku univormu, joka saa ihmiset tuntemaan itsensä tärkeiksi? Onko se jonkinlainen luokkaleima, joka erottaa tietyn työntekijäryhmän putkimiehistä, sisustajista, puusepistä tai muurareista, joilla on oma työnsä muttei työpöytää, pehmustettua tuolia tai vakiopaikkaa lähijunassa? Suomessa kaikki kävelevät suorassa ja jäykkinä, melkein kuin hyvin harjoitellussa marssissa, upeavartaloiset naiset ryhdikkäinä ja miehet uskomattoman vakavailmeisinä.

Helsinki on rennon nuorekas ja samalla elegantti kaupunki. Pohjoisesplanadilla sijaitsevilla liikkeillä ei ole nykyään mitään hävettävää Milanon, Lontoon, Pariisin tai New Yorkin kaltaisten suurkaupunkien putiikkien rinnalla. Iltaisin kaupungin lukemattomat ravintolat, baarit, klubit ja kahvilat heräävät eloon. Kesäisin terassit levittäytyvät jalkakäytäville täyttäen kadut väreillä ja äänillä pohjolan yöttömässä yössä. Talvisin ikkunat huurtuvat hengityksestä, joka törmää ulkona oleviin pakkaslukemiin, ja sisällä olevat hahmot näyttävät synkiltä ja aavemaisilta pohjoisen kaamoksessa. Helsinki on silti inhimillinen kaupunki.

Sataman vieressä olevasta kuuluisasta kauppatorista kauniin Esplanadin päässä on nyttemmin tullut hieman bysanttilainen, kun Kiinassa ja Koreassa valmistettuja tuotteita ostavat kiinalaiset ja japanilaiset turistilaumat uskoen niiden olevan aidosti suomalaisia. Kauppatorilla voi kuitenkin edelleen nauttia kojujen savukalasta ja nähdä tusinoittain virkattuja, värikkäitä myssyjä roikkumassa narusta pyykkipojilla. Me emme tunne itseämme turisteiksi – emmehän me olekaan – ja voimme vain hymyillä muutoksille, joita kaupunki on kokenut lyhyessä ajassa.

Tunnelma Esplanadilla lämpimänä kesäpäivänä on ainutlaatuinen. Jo noin 7.30 aamuvarhaisella ihmiset kävelevät pitkin puiston läpi kulkevia pölyisiä hiekkateitä tai istuvat puisilla penkeillä kasvot kohti sataman puolelta paistavaa aurinkoa. Vaaleat poninhäntäiset tytöt hihattomissa topeissaan ja työhousuissaan valtaavat koko alueen, melkein kuin hidastetussa filmissä, korjaten edellispäivän roskat, jotka jäivät nuorisojoukon jäljiltä kun he valtasivat nurmikon jutellen tai juoden drinkin (tai pari).

On huvittavaa, että muissa kaupunginosissa viranomaiset tuntuvat antavan tuon työn isomahaisille eläkeläisille mutta jättävät Esplanadin puiston ihastuttavien nuorten naisten hoitoon. He sulautuvat hyvin muihin ohikulkijoihin pitkine säärineen ja hoikkine vartaloineen, heilauttaen ryhdikkäinä vaaleita hiuksiaan. En ole missään muualla maailmassa nähnyt sellaista määrää ruskettuneita, estottoman itseluottamuksen omaavia nuoria naisia kuin Helsingissä, Esplanadin puistossa kesäisenä iltapäivänä.

Helsingin Wanha Kauppahalli on vielä olemassa kauniissa viktoriaanisessa punatiilirakennuksessa, jossa myydään savustettua poronlihaa ja kalaa. Rakennus on aivan meren äärellä, ja joutsenperheet uivat tummassa, öljyisessä vedessä toivoen suupalaa ohikulkijoilta. Hallissa myydään myös ranskalaisia ja italialaisia juustoja sekä Lähi-idän herkkuja, joilla ei ole mitään tekemistä Suomen kanssa; valitettavasti kysynnän ja tarjonnan laki vallitsee. Helsinki on nykyään yhtä kansainvälinen kuin mikä tahansa maailman suurkaupungeista ja omaleimaisuus on nopeasti katoamassa.

Onneksi vielä löytyy perinteisen kulttuurin keitaita, erityisesti Kruununhaan antiikkikaupoista, vain vähän matkaa Esplanadilta. Antiikkikaupat ja taidekauppiaat myyvät vielä vanhoja, aitoja suomalaisia, ruotsalaisia ja venäläisiä taideteoksia. Mikään ei ole Kaukoidästä… vielä.

# TALOA ETSIMÄSSÄ

Lensimme takaisin Englantiin ajatellen yhä tapaamiemme ihmisten ystävällisyyttä ja lumisen maan tyhjyyttä sekä puhdasta ilmaa, joka iski vastaamme heti kun olimme poistuneet Vantaan lentokentältä.

Heathrown lentokenttä on parhaimmillaankin shokkikokemus. Se on kauhunäyttämö kun tulee Suomen rauhasta. Olimme jälleen nimettömiä henkilöitä tuhansien muiden, tuhansien rotujen nimettömien henkilöiden joukossa, työntyen liukuhihnan vasenta laitaa kohti passintarkastusta ja matkatavara-aulaa, yrittäen pysyä muiden vauhdissa, yrittäen tulla matkatavara-aulaan ennen kuin matkalaukkumme katoaisivat taas lentokentän syövereihin.

Olen aina ihmetellyt, miksi ihmisten täytyy pakonomaisesti kävellä pitkin liukuhihnaa, vaikka se nimenomaan on suunniteltu siksi, ettei tarvitsisi kävellä. Kaikki me kävelemme ja saamme aina tyydytystä kun kävelemme nopeammin kuin toiset, jotka kulkevat hihnan vieressä. Katsomme heihin ohittaessamme lähes ylemmyydentuntoisesti kuin mannekiinit kiinnitettyinä pikaliimaan, saapuen jostakin ja kulkien kaukaisuuteen.

Ilma lentokentän ulkopuolella oli lämmintä ja yhtä saastunutta kuin aina. Hajujen ja huurujen huppu painoi päämme alas puristaen niskaa. Matkatavarakärry ei tuntunut tottelevan käskyjämme, yksi hisseistä ei toiminut, edessämme oleva henkilö oli jumittunut matkatavaroineen hyvin ahtaaseen käytävään, joka vei parkkipaikalle ja jonka suunnittelijaa aina noidun. Jälleen kerran Suomi tuntui kaukaiselta maalta. Meillä oli sinne ikävä.

24

Osoittautui helpoksi laittaa pieni ilmoitus Helsingin Sanomiin. Nuori nainen luurin toisessa päässä oli erittäin avulias, ja hänellä oli hyviä ehdotuksia. Lehden henkilökunta suomentaisi tekstin veloituksetta. Halusimme löytää talon järven rannalta, jostakin maaseudulta pariksi, kolmeksi vuodeksi.

Saimme useita vastauksia, jotka lähetettiin meille Englantiin. Kaikissa oli mukana kuvia rakennuksesta, puutarhasta ja järvestä. Ne olivat eri puolilta Suomea, meille aivan tuntemattomista paikoista, ja tarvitsimme Suomen kartan selvittääksemme sijainnit. Muistan yhden talon Kuopiosta (joka näytti olevan hyvin kaukana kaikesta) ja toisen etelä-rannikolta sekä sievän talon paikasta, jonka nimeä en edes yritä lausua.

Ne kaikki näyttivät miellyttäviltä ja värikkäiltä, niissä oli puuseinät ja kauniit valkoiset ikkunat sekä kiiltävät puulattiat, joita peittivät matot siellä täällä. Yksi vastauksista oli kirjoitettu erinomaisella englanninkielellä, ja se kuvaili taloa yksityiskohtaisesti. Mukana oli kuvia tummasta, yhteen tasoon rakennetusta hirsitalosta, jota ympäröi puutarha. Saatoimme erottaa kukkapenkkejä, paljon vuorenkilpiä suurine paksuine lehtineen, järvenrannan melko lähellä ja naisen kumartuneena villiruusujen ylle. Jokin paikassa sai mielikuvituksemme liikkeelle. Se sijaitsi Keski-Suomessa, Päijänteen länsipuolella. Kartalla järvi näytti pitkältä ja kapealta aivan keskellä Suomen päärynänmuotoista mahaa. Halusimme nähdä talon luonnossa, ja Celiasta tuntui heti, että etsintämme oli päättynyt.

Lensimme Helsinkiin seuraavan kerran toukokuussa katsomaan taloa Päijänteen rannalla. Taas yksi viikonloppu Helsingissä, jälleen kerran hotelli Vaakunassa vastapäätä rautatieasemaa. Henkilökunta ei varmasti muistanut meitä lainkaan, mutta haluamme uskoa, että he muistivat, sillä he olivat jälleen niin avuliaita. Huoneessamme oli sauna ja teeskentelimme nyt tietävämme kaiken sen salaisuuksista. Olihan meillä ollut sauna ennenkin (kerran).

Yritimme myös hotellissa olevien matka-esitteiden avulla saada tietoja kunnasta, jonne olimme seuraavana aamuna ajamassa. Kartalla sen nimi näytti pieneltä, varsinkin jos sitä vertasi nimiin kuten Turku ja Tampere, Oulu ja Kuopio ja muut, joita emme aivan ymmärtäneet. Paikka näytti sijaitsevan suoraan Helsingistä lähtevän viivan varrella, noin puolivälissä Päijännettä.

Syynä saattoi olla jännittyneisyys tai liikenteen melu tai silloin tällöin kolisteleva raitiovaunu, niin tai näin, yöunemme jäivät lyhyiksi. Kun aamulla lähdimme autovuokraamoon, sanoimme vastaanottovirkailijalle, että huoneemme oli selvästikin hotellin väärällä puolella, ja että meitä olivat valvottaneet perjantai-illan juhlijat. Kaksinkertaiset tai jopa kolminkertaiset ikkunat, jotka niin tehokkaasti pitävät kylmän ulkona, eivät tuntuneet tehoavan meluun.

Virkailija oli erittäin myötätuntoinen ja vakuutti, että poissa ollessamme tavaramme siirrettäisiin toiseen siipeen. Ja tosiaan, kun illalla palasimme, kaikki oli siirretty tarkasti ja huolellisesti hotellin hiljaisemmalle puolelle. Sinä yönä nukuimme erittäin hyvin. Vaakuna oli edelleen huonosti valaistu ja luolamainen, mutta henkilökunta oli erinomaista.

Ajoimme yli kaksi tuntia vuokraamassamme Volvossa yrittäen muistella saamiamme ajo-ohjeita kuinka päästä E75:lle, pohjoiseen johtavalle valtatielle. Ajoimme pitkin Mannerheimintietä – yhtä maailman pisintä katua - ja ohitimme

26

kauniin Finlandia-talon. Oopperatalon kohdalla käännyimme oikealle ja näimme Olympiastadionin jäävän vasemmalle. Sen jälkeen kaupungin keskusta muuttui rumiksi kerrostaloiksi, jotka ovat lähiöarkkitehtuuria 50- ja 60-luvuilta missä tahansa Euroopassa ja erityisesti maissa, jotka suoraan tai epäsuorasti ovat eläneet Venäjän vaikutuksen alaisina. Katu kadun jälkeen harmaita laatikoita, usein laiminlyödyn ja väsähtäneen näköisinä, rappaukset siellä täällä irronneina, puutarhana vain postimerkin kokoinen rikkaruohojen valtaama alue.

Maaseutu otti hitaasti vallan matkan edetessä.

Oli kevät ja puiden lehdet vihersivät; tuore ja mehevä vihreän sävy, joka haihtuu heti kesän tullen. Taas kerran luonto vietti värien juhlaa suurimmaksi osaksi värittömän talven jälkeen. Erilainen kevät. Olimme lentäneet Heathrowlta edellisenä päivänä, aurinkoisena ja lämpimänä sunnuntai-aamuna. Tammet olivat Englannissa täydessä lehdessä ja pitkä heinä lähes leikattavaa ensimmäisen kerran. Narsissit olivat jo kauan sitten unohtuneet ja nurmikoita oli leikattu helmikuusta lähtien.

Kalenterin mukaan täällä oli kevät, mutta näytti siltä, ettei luonto ollut siihen ihan vielä valmis. Pellot oli siististi kylvetty, mutta vain siimamaiset vihreät versot pistivät esiin mustasta mullasta.

Maisema oli lempeästi aaltoilevaa, siellä täällä pilkisti esiin punaisia ja valkoisia taloja metsiköiden keskellä. Jokaista taloa ympäröivät puiset ulkorakennukset, joilla ei näyttänyt olevan mitään tiettyä järjestystä; ne näyttivät rakennetun hetken mielijohteesta kun oli tarvittu ylimääräistä varastotilaa. Talojen ympärillä ei ollut aitoja, ja tontit näyttivät sulautuvan peltoihin. Puutarhat olivat suuria. Liikennettä oli vain vähän ja ajelimme eteenpäin rentoutuneissa tunnelmissa. Oli lauantai-aamu, ja suurin osa mökkeilijöistä oli lähtenyt kaupungista edellisenä iltana töiden jälkeen.

Päädyimme väistämättä vertailemaan Englannin liikennettä M4:lla sen muutaman kilometrin verran kun olimme ajaneet lentokentälle. Olimme lähteneet kotoa melko varhain, vaikka lentomme lähtisi vasta aamupäivän puolivälissä. Tiesimme hyvin, kuinka vaihtelevaa liikenne voi olla tuolla nimenomaisella moottoritiellä, jonka sanotaan olevan maailman vilkkaimmin liikennöity. Monesti lyhyt matkamme kentälle oli kestänyt yli tunnin naurettavaa vauhtia sillä seurauksella, että Celia oli hermostunut ja kiihdyksissään saapuessamme terminaaliin. Olimme näin ollen varanneet matkaan runsaasti aikaa.

Ajaessamme pitkin E75:ttä tunnistimme muutamia paikannimiä, joita olimme nähneet edellisenä iltana kun hotellin henkilökunta oli tehnyt meille ajosuunnitelmaa: Järvenpää, Hollola, Lahti ... Joku oli joskus sanonut meille, että Lahti oli verrattavissa Englannin Croydoniin. Lahti on iso kaupunki, kiireinen, tunnettu huonekaluteollisuudestaan ja hiihtomahdollisuuksistaan, ja sen nimi on painettu karttaan paksuin kirjaimin kuten Helsinki, Tampere ja Turku. Vertaus Croydoniin esti meitä moneen vuoteen käymästä Lahdessa. Croydon on nykyään osa Suur-Lontoota. Siellä on liikaa ihmisiä, liikaa melua ja liikaa saasteita. Se on lähinnä tunnettu Lunar Housesta, maahanmuuttokeskuksesta, joka on ensi kosketus monille tuhansille toiveikkaille Englantiin tulijoille kaikkialta maailmasta.

Lähestyessämme Lahtea saatoimme nähdä kolme hyppyrimäkeä kauempana vasemmalla. Siellä on pidetty monet mäkihypyn maailmancup-kilpailut. Kolme erikorkuista mäkeä, kuin

28

pitkäsääriset betonihirviöt katselemassa alas kaupunkiin. Puiden latvojen välistä ilmaantui näkyviin useita neliömäisiä kerrostaloja, tien varrella oli pieniä teollisuushalleja sekä tavanomaisia matalia, tasakattoisia rakennuksia.

Poistuimme moottoritieltä, joka jatkui Mikkelin suuntaan ja jätimme "Croydonin" taaksemme. Tie muuttui maantieksi ja näkyviimme tuli järviä, kirkkaita, syvänsinisiä vesitäpliä metsien ympäröiminä. Keski-Suomessa on melkein vähemmän ihmisiä kuin järviä, ja lopultakin saimme nähdä ne. Ne eivät olleet jäässä tai lumen peitossa. Puut olivat vielä hiirenkorvalla, ja järvet pilkottivat oksien välistä. Niitä näkyi kaikkialla.

Mitä pohjoisemmaksi ajoimme, sitä hiljaisemmaksi kävi liikenne. Lopulta olimme ainoita tiellä liikkujia ja saimme paremmin ihailla rauhallista maaseutumaisemaa, jossa siellä täällä näkyi eristäytyneitä ja rauhallisilta vaikuttavia punaisia tai valkoisia puutaloja. Niiden postilaatikot seistä nököttivät ajoteiden päissä kuin pienet sotilaat.

Pellolla näkyi muutamia sarvipäälehmiä, jotka laidunsivat rauhallisesti tuoreessa ruohossa. Niiden maidosta painavat utareet oli sidottu utareliivein.

Olimme saaneet talonomistajan tyttären kirjoittamat erittäin tarkat englanninkieliset ajo-ohjeet, ja lähes kahden tunnin ajomatkan jälkeen käännyimme päätieltä kohti keskustaa. Tie oli kuoppainen ja mutkainen, sillä sitä päällystettiin parhaillaan uudelleen. Suuria kiviä oli asennettu tien pohjaksi, mutta tie ei valmistuisi ennen kuin seuraavan talven routa olisi tasannut hiekan ja soran. Monen kuukauden ajan ihmisten täytyisi ajaa pitkin epätasaista ja meluisaa pintaa, joka kyllä oli erinomainen, jos halusi pilata autonsa renkaat ja jousituksen. Toisaalta vaihtoehtona oli tehdä sama työ joka vuosi uudelleen, sillä pinta halkeili helposti, jos pohja ei ollut painunut tasaiseksi.

Oli toukokuu ja talvi kaukana takanapäin. Talvi voi itse asiassa loppua hyvin nopeasti ja myös alkaa nopeasti. Talvi on nurkan takana kun syyskuun ruska-aika upeine väreineen alkaa. Lämpötila laskee ja ilta hämärtyy aikaisemmin. Ihmiset pinoavat polttopuita valmiiksi takkatulta, leivinuunia ja saunaa varten. Ruska oli vain kolmen kuukauden päässä.

Olemme ajan myötä tottuneet talvi- ja kesäelämän rutiininomaiseen vaihteluun. Keväällä ja kesällä ruskan värit muistuvat mieleen vain heikosti.

Olimme saapuneet määränpäähämme. Olin yrittänyt saada paikasta jotain tietoja edellisiltana hotellissa. Siellä asui 3000 henkeä talvella ja luku kolminkertaistui kesällä. Paljon muuta tietoa en löytänyt, paitsi että siellä oli kotiteollista tuotantoa: puukkoja, mattoja, puutöitä, leivonnaisia – ja laivayhteys Päijänteen toiselle puolelle. Se lopetettiin elokuussa, kuten monet muutkin turismiin liittyvät asiat. Heinäkuun jälkeen kesä on virallisesti ohi; lapset aloittavat taas koulun, museot, ravintolat ja nähtävyydet suljetaan. Ihmiset alkavat valmistautua ruskaan ja talveen. Tämä on usein pettymys niille turisteille, joiden kotimaassa elokuu on vielä lomakuukausi.

Käännyimme pois epätasaiselta maantieltä. Meitä oli selkeästi neuvottu kääntymään oikealle tietyn epämääräistä mainetta nauttivan baarin kohdalla ja jatkamaan pienelle puusillalle, joka yhdistää mantereen isoon saareen. Silta oli vain noin kymmenen metrin mittainen ja kaartui loivasti veden yli. Ohitimme vasemmalla pienen sataman, jossa monet pienet veneet kelluivat puisten laiturien vierellä. Järven toisella puolella saatoimme nähdä jo lakkautetun paperitehtaan korkean, punatiilisen savupiipun sekä sataman, jossa oli enemmän ja isompia veneitä. Vesi oli väriltään syvänsinistä, sen pinnalla väreili lempeä toukokuun tuulenvire. Ilma tuoksui puhtaalta.

Kapea tie kulki moitteettomasti hoidetun hautausmaan viertä sekä joidenkin veden äärellä olevien puutalojen ohi. Yritimme tunnistaa valokuvassa näkemämme hirsitalon. Se ei onnistunut, ja päädyimme ajelemaan kapeaa tietä muutaman kerran edestakaisin, kunnes hurjasti käsiään heiluttava mies huusi "velcom, velcom".

31

Juhani vaikutti ystävälliseltä ja juurevalta. Hänen kasvonsa olivat uurteiset, kun ne olivat vuosikaudet altistuneet talvi- ja kesäsäiden vaihteluille hänen kalastaessaan Päijänteellä. Tervehdimme toisiamme sekä englanniksi että suomeksi, emmekä ymmärtäneet toisiamme lainkaan. Meidät johdatettiin talolle, aivan järven rantaan. Se oli tumma, melko pitkä hirsitalo yhdessä tasossa. Puutarha oli itse asiassa niitty, josta oli leikattu hieman ruohoa ja johon oli istutettu muutama kukkapenkki; ajotietä ei ollut, vain autonrenkaiden vuosien aikana jättämät urat. Aitojen sijasta oli vain paljon puita, joiden juurella kasvoi korkeaa ruohoa joka alkoi myös ulottua talon seinustalle asti.

Katariina, Juhanin tytär, odotti meitä portailla pitkänä ja vaaleana. Juuri hän oli käsin kirjoittanut hyvällä englanninkielellä kirjeen, joka meille Helsingin Sanomista toimitettiin. Hän tervehti meitä, ja istuuduimme kaikki keittiön pöydän ääreen keskustelemaan talosta sekä vuokraehdoista, jos vuokraisimme talon seuraavaksi kolmeksi vuodeksi.

Keittiö oli hyvin tilava. Pyöreän pöydän keskellä oli pyörivä levy kuten monissa kiinalaisravintoloissa, houkutellen pyörittämään sitä hurjasti ympäri niin, että kaikki lasit ja ruokailuvälineet sinkoilisivat sinne tänne. Moitimme tästä aina lapsia, mutta emme itsekään voi koskaan vastustaa kiusausta.

Juhani oli itse rakentanut talon viisitoista vuotta aiemmin apunaan poikansa Jorma sekä muutamia paikallisia ystäviä. Se oli heidän kotinsa täynnä muistoja Katariinan lapsuus-, nuoruus- ja opiskeluajoilta. Nyt Juhani ja hänen vaimonsa Iris olivat päättäneet muuttaa Espanjaan; Suomen ankarat talvet olivat viimeinkin vieneet heistä voiton, ja he odottivat innokkaina muuttoa Fuengirolaan, joka ilmeisesti on suomalaisten suosiossa olevaa seutua. Ajatus huoneistosta auringon alla oli saanut heidät tekemään päätöksen vuokrata talonsa. Me emme toisaalta olleet silloin – emmekä vieläkään – käyneet Espanjassa. Jotenkin ajatus englantilaisturistien massoista syömässä sellaisia espanjalaisia paikallisruokia kuten "fish and chips" tai "steak and kidney pie" ja huuhtomassa ne alas runsailla määrillä haaleaa englantilaista olutta on saanut ajatuksemme Espanjasta kapeille, ilman muuta väärille raiteille. Olemme väärässä emmekä saisi yleistää. Lopputuloksena ovat olleet aina pohjoiseen suuntautuneet lomamatkat.

60-vuotias Juhani sanoi olevansa lopen väsynyt lumeen ja jäähän, joiden kylmyys meni luihin ja ytimiin 6 tai 7 kuukautta vuodesta. Hän ja Iris aikoivat viettää loppuelämänsä tarvitsematta ajatella jääkenkiä, moottorikelkkoja, paksuja talvivaatteita tai viiltäviä pohjoistuulia, jotka saivat silmät vuotamaan. Juhani aikoi myös siirtää liiketoimensa pojalleen; kalastuselinkeinon, jonka hänen oma isänsä oli aloittanut lähes 60 vuotta sitten perheen muutettua Karjalasta Keski-Suomeen evakkona, kun Karjala oli luovutettu Neuvostoliitolle talvisodan seurauksena. Juhani halusi jäädä nyt eläkkeelle.

Me siis istuimme keittiön pyörivän pöydän ympärillä katsellen järvelle työtason yllä olevasta uskomattoman isosta ikkunasta. Talo oli tilava, siellä oli kauniit puulattiat eikä väliovia, joten olohuone vaikutti todella suurelta ja kotoisalta. Yhdellä puolella olivat rivissä makuuhuoneet, varastohuone, jossa oli lämmitystilat, sekä pesuhuone ja välttämätön sauna. Siihen aikaan kylpyammeet eivät näyttäneet olevan yleisiä suomalaisissa kodeissa. Seinät olivat paljaat hirsiseinät, ikkunat olivat kolminkertaiset, seikka, josta emme aiemmin olleet tienneet mitään.

Tyttärensä avustuksella Juhani kertoi, minne viedä roskat, miten lämmitys toimi, miten asetella puut takkoihin, mihin eri avaimet sopivat, miten toimi sähkökeskus vanhanaikaisine sulakkeineen, missä olivat kytkimet ja virtapisteet. Yritimme muistaa jokaisen tiedon murusen, mutta unohdimme ne saman tien. Kaikki oli erilaista kuin mihin olimme tottuneet. Ei maalattuja seiniä, sähkökytkimiä jotka painetaan ylös ennemmin kuin alas, maalämpösysteemi, joka puhalsi järviveden lämmittämää ilmaa. Järjestelmä vaikutti monimutkaiselta, mutta meille vakuutettiin, että se toimi.

Menimme puutarhaan. Tontti oli hyvänkokoinen, ja siitä oli leikattua nurmea ja kukkapenkkejä vain pienehkö osa, sillä rikkaruohot ja korkea heinä olivat vallanneet talon seinustat sekä jokaisen puun ja kivenlohkareen pientareet. Emme voineet nähdä vain muutaman metrin päässä olevaa järvenreunaa kasvillisuudelta. Ruoho ja kaislat muodostivat luontaisen aidan ja suojasivat taloa ohiajavien veneilijöiden katseilta ja samaan aikaan tekivät mahdottomaksi ihailla Päijänteen kauneutta puutarhasta nousematta tuolille seisomaan.
Noin kymmenen metriä talon luota oli toinen, pienempi hirsimökki, jonka edessä oli pieni terassi. Sieltä oli näkymä järvelle työntyvälle, huolellisesti kiinnitetylle puulaiturille. Jättiläissuurta nukketaloa muistuttava talo muodostui olohuoneesta ja saunasta. Meille kerrottiin, että kesäisin oli mukava saunoa järven rannalla kun kuumien löylyjen jälkeen pääsi suoraan järveen vilvoittelemaan.

Astuimme huojuvalle laiturille ja katselimme ympäröivälle järvelle. Näimme vain pienen osan suurta Päijännettä, joka kiemurteli metsäisten niemekkeiden ympäri kylän satamaan. Vesi näytti kutsuvalta, se oli syvänsinistä ja raikasta oltuaan useita kuukausia jääpeitteen alla. Muita taloja ei näkynyt ja hiljaisuus oli käsin kosketeltavaa. Pidimme paikasta.

Palattuamme keittiöön paiskasimme Juhanin kanssa kättä, ja minä ojensin hänelle shekin, jossa oli kolmen ensimmäisen kuukauden vuokra. Niin yksinkertaista se oli. Hän kutsui meidät lounaalle paikalliseen kahvilaan. Kaikki oli kunnossa.

Ajoimme takaisin Helsinkiin tyytyväisinä päätökseemme. Aloimme heti suunnitella seuraavaa vierailuamme, tällä kertaa omaan järvenrantapaikkaamme. Palautimme vuokra-automme ja hotellissa joimme maljan Suomelle.

Kaikki oli ollut mahdottoman helppoa. Intoa puhkuen yritimme kertoa vastaanottovirkailijalle missä ja kuinka kaukana talomme oli, mutta äänsimme kunnan nimen niin väärin, että hän sekoitti paikan aivan toisennimiseen kaupunkiin paljon pohjoisempana. Se ei ollut kovin rohkaisevaa, mutta hauskaa se oli.

# KODIT JA PUUTARHAT

Palasimme kyläämme kesäkuussa, keskellä kauneinta Suomen kesää viettääksemme ensimmäisen ajanjaksomme siellä. Juhani oli rakentanut vaikuttavan aidan yhdelle puolelle taloa erottaakseen sen niitystä, joka kuului hänen pojalleen. Ajotien ylle rakennettu porttikaari muistutti enemmän Texasilaisen rodeofarmin kuin suomalaisen hirsitalon sisääntuloa. Kieltämättä aita soi meille tiettyä yksityisyyttä, se on niin kovin tärkeää Englannissa.

Aita suojasi puutarhan koko pituudelta, veden ääreltä puihin, jotka olivat tontin rajana talon takana. Muutamia oudonnäköisiä punaisia metallilaatikoita oli lyöty maahan aidan viereen, ne muistuttivat jäljittimiä tai maamiinoja. Meille selitettiin, että Suomessa näitä käytettiin tontin rajapyykkeinä eikä niitä saanut poistaa. Ne lyödään kiinni puuholkissa, joka laajenee heti kun pyykki työnnetään maahan, ja siellä se pysyy. Vanhemmilla tonteilla rajapyykkinä saattavat toimia kivet, puut tai muut kohteet, joita voidaan pitää kiintopisteinä. Joskus punainen teippinauha voi ajaa saman asian eikä kukaan poista sitä.

Vuonna 1944 Suomi oli vielä toipumassa sotavuosien rajusta talouslamasta, joka koetteli raskaasti sekä liike-elämää että yksityisiä ihmisiä, erityisesti maaseudulla. Ihmisten päällimmäisenä ajatuksena oli silloin saada rahat riittämään ja ruokaa pöytään. Vaatteet, autot, kulutustavarat ja luksustuotteet eivät olleet tärkeitä, ja ne olivat vielä outoja maan metsäkulttuurissa. Lama oli väistämättä iskenyt myös kiinteistöihin ja yleiseen tapaan, millä ihmiset huolehtivat niistä. Se heijastui rakennusten yleiseen tilaan ja ulkonäköön.

Haja-asutusalueilla talot olivat perinteisesti puutaloja, yleensä lautaa, joskus hirttä, maalattu punaisiksi, keltaisiksi, vaaleanharmaiksi tai pastellinsinisiksi valkoisine ikkunanpuitteineen. Useimmat niistä näyttivät väsyneiltä ja hieman laiminlöydyiltä, ne olivat uuden maalin, pesun tai kattoremontin tarpeessa. Poikkeuksetta niiden ympärillä oli erikokoisia pienempiä ulkorakennuksia sekä suuret pinot polttopuita, joskus jopa keskellä tonttia, siististi pinottuja tasapituisia (30 cm, saimme myöhemmin tietää) puita, jotka sopivat leivinuuneihin ja saunanpesiin. Kaksi vierekkäistä pylvästä pinon molemmissa päissä esti sitä kaatumasta, ja joskus pinon ylle heitettiin muovipeite suojaksi sateelta ja lumelta.

Puu on hyvin tärkeä polttoaine suomalaisissa kodeissa. Iso puupino antaa ihanan turvallisuuden tunteen ja tiedon, että vaikka maa olisi metristen kinosten alla ja vaikka venäläiset katkaisisivat sähkön ja muun energiansyötön pieneen naapurimaahan, koti olisi viihtyisä ja lämmin ja leipää voitaisiin leipoa. Tunne on meille liiankin tuttu asuttuamme useita vuosia Suomessa. Syksyllä puut kerätään tai niitä tilataan, ja yksi kerrallaan ne kasataan kohoavaan pinoon edellisvuoden puiden päälle. Tuntuu hyvältä katsella puutarhan puupinoja ikkunasta ja tuntea olonsa mukavalla tavalla turvatuksi.

Meidän puumme toimitetaan jossakin vaiheessa elokuuta. Ne tulevat isossa peräkärryssä juuri sopivan kokoisina pinottavaksi. Yritämme pinota mahdollisimman paljon pieneen varastohuoneeseen autotallin takana, kolmeen siistiin noin 2 metrin korkuiseen pinoon, ja muut viemme puutarhan nurkkaan. Seuraavana vuonna puutarhan pino siirretään varastohuoneeseen ja kierre jatkuu. Teoriassa yritämme aina käyttää edellisvuoden puut ja korvata ne uusilla. Käytännössä emme koskaan tunnu pystyvän polttamaan tarpeeksi puita. Tuloksena on, että uudet puut pinotaan aina eteen ja käytetään ennen kuin ehditään vanhoihin. Olen varma, että tähän mennessä varastohuoneen perällä olevat vanhat puut ovat luultavasti liian vanhoja ja kuivia palaakseen tehokkaasti edes saunanpesässä. No, ainakin meillä on tarpeeksi puita. Niitä on mukava katsella.

Talot olivat yksinkertaisia betonisokkelille pystytettyjä neliömäisiä rakennuksia. Usein niissä oli peltikatto, jonka lumi oli vuosien saatossa ruostuttanut. Kaikissa oli rännit ja syöksyputket, joita oli vain hieman taivutettu ulospäin, jotta vesi pääsisi imeytymään maahan.

Pihapiirit näyttivät olevan aidattomia pieniä ryhmiä, avoinna katseille ja tahdikkaasti juoruileville naapureille. Joskus talon avain unohdettiin pysyvästi lukkoon luultavasti tietäen, että pienessä kylässä olisi turvallista. Meille kerrottiin, että naapurit (ja kaikki muutkin) tietäisivät meidän olevan kotona kun laittaisimme luudan ovenpieleen pystyyn. Ajattelimme, että sehän olisi suoranainen tervetulotoivotus mahdollisille murtovarkaille. Emme ole vielä kokeilleet itse tätä metodia, sillä olemme tottuneet hälytysjärjestelmiin, naapuriapuun, liiketunnistimiin, munalukkoihin ja ketjuihin. Meillä on ollut rohkeutta ainoastaan jättää ikkunat auki vain hyttysverkon suojaamiksi päivän poissaolon ajaksi. Ja tästäkin väittelimme kiivaasti!

Nykyään jopa jätämme avaimen tiettyyn paikkaan talon ulkopuolelle siltä varalta, että lukitsemme itsemme ulos. Olemme edistyneet. Valitettavasti sen ainoan kerran, kun takaovi lämähti kiinni ja jäimme ulos, vara-avain ei vielä ollut paikoillaan, ja meidän täytyi turvautua ystäväämme, joka huolehtii talostamme poissa ollessamme. Hän pelasti meidät omalla avaimellaan. Tunsimme itsemme täysin naurettaviksi.

Turvallisuus on yksi tämän maan tärkeimmistä tekijöistä. Suomi on turvallinen maa, missä lapset voivat kävellä yksin kouluun pimeinä talvi-aamuina metsän läpi ilman vaaraa (lukuun ottamatta tietenkin satunnaisia kohtaamisia susien, karhujen, ilvesten ja sen sellaisten kanssa), ja missä vanhat rouvat voivat asua yksin lapsuudenkodeissaan metsän keskellä tietäen, ettei heille tapahdu mitään pahaa ihmiskäden kautta.

Muistan erittäin selkeästi erään talviaamun joitakin vuosia sitten, kun meidän piti lähteä jonnekin epätavallisen aikaisin, keskellä pimeää. Kahden tee- ja yhden kahvikupillisen sekä paahtoleivän jälkeen onnistuimme istahtamaan autoomme noin 8.30 ja ajoimme läpi unisen kylän. Vilkkainakin aikoina autoja liikkuu vähän ja harvoin; siihen aikaan keskellä talvea seutu oli täysin autio. Tien vieressä seisoi pieni yksinäinen lapsi, lämpimästi kääriytyneenä talvivaatteisiinsa kantaen reppua selässään, villamyssy silmillä. Hän oli ehkä kahdeksan tai korkeintaan yhdeksänvuotias. Hän seisoi hiljaa paikallaan odottaen selvästi ystäväänsä kävelläkseen yhdessä tämän kanssa loput pari kilometriä koululle. Katsoimme häneen, ajoimme ohi, emmekä uskoneet silmiämme. Sitten tajusimme olevamme Suomessa, pienessä kylässä, ja olimme varmoja, että lapsi pääsee kouluun turvallisesti ja ajallaan. Emme ajatelleet asiaa sen enempää, eikä hänelle tietenkään tapahtunut mitään.

Puutarhat olivat avointa tilaa talojen ympärillä. Siellä täällä saattoi olla kasvimaa suuriksi kasvaneiden rikkaruohojen keskellä. Ruohomattoja rikkoivat matalat vuorenkilvet, joita oli kaikkialla ja jotka vetivät maasta kaiken kosteuden kasvattaen valtavankokoiset lehdet. Ne näyttivät olevan vallitsevia joka paikassa.

Meidänkin puutarhassamme kasvoi näitä nopeasti leviäviä ja vankkoja kasveja. Vuosien varrella olemme päässeet niistä eroon, vetäneet suurella vaivalla voimakkaita juuria maasta. Jos näiden kasvien antaa olla rauhassa, ne peittävät pian suuria alueita antaen puutarhalle epäsiistin vaikutelman. Kukaan ei kuitenkaan tuntunut välittävän niistä luultavasti siksi, että ne eivät vaadi mitään hoitoa edes talvella. Ne peittävät täysin rikkaruohot ja selviytyvät mainiosti pakkasessa. Täytyy sanoa, että vihaan niitä, eikä meillä kasva enää yhtäkään.

Joka talossa on epälukuinen määrä marjapensaita, turpeita ja värikkäitä epäsiistillä tavallaan, joskus pensastukien varassa, joskus verkolla peitettynä, etteivät linnut pääse käsiksi marjoihin. Monelle suomalaiselle marjapensaat ovat sekä ylpeys että vitsaus, sillä marjojenpoiminta on Suomessa lähes lakisääteistä toimintaa. Kaikki poimivat ja useimmat vihaavat sitä. Marjat ovat niin tärkeitä Suomen maaseudulla, että niille on myöhemmin omistettu kokonainen luku.

Talojen ajotiet eivät olleet teitä ollenkaan, vaan alkuun kärryjen ja myöhemmin autonrenkaiden jättämät kaksi uraa, jotka olivat muotoutuneet ruohoon vuosien varrella; ne eivät päättyneet minnekään ja sulautuivat nurmikkoon. Monet puutarhoista näyttivät hiukan epäsiisteiltä kun tavaroita oli jätetty sinne tänne käytön jälkeen. Lumilapiot nojasivat vieläkin seinään talven jäljiltä – odottaen luultavasti seuraavaa – kastelukannuja, lasten leluja, muovipeitteitä, lankkuja, kelkkoja, kaikenlaista tavaraa ympäriinsä. Tuli väistämättä tunne, ettei puutarhoista välitetty, ne olivat vain maata, jonne voi jättää kaiken mitä sisätiloissa ei tarvittu. Mutta maa ei tietenkään ole täällä tärkein asia. Sitä on kaikkialla, se on tyhjää ja se on kaikkien ulottuvilla. Suomen asukasmäärä – puolet Lontoon asukkaista – josta ainakin 50 % on keskittynyt etelän ja lännen isoihin kaupunkeihin on hajallaan ympäri maa-aluetta, joka on suurempi kuin Englanti. Maa on tyhjää, ja laki sallii kaikkien kulkea missä vain. Työkalujen ja muiden tavaroiden jättäminen puutarhaan ei ole olennaista. Ihmisillä on kaikki Suomen metsät.

Muistan erään päivän vuosia sitten, lounastimme rauhallisesti tyttäreni sekä hänen tulevan aviomiehensä kanssa metsään rakentamamme hirsimökin terassilla, melko lähellä kylää. Yhtäkkiä portista käveli mies kantaen muoviämpäriä. Hän käveli tarkoituksella ajotietämme pitkin, ei välittänyt meistä lainkaan, asteli pientä rinnettä alas ja hävisi metsään (meidän metsäämme!). Huusin hänen peräänsä, tyypillisesti englantilaisittain "excuse me….. can I help you?" (anteeksi, voinko auttaa) salaten kiukkuni tätä tunkeutujaa kohtaan. Hän ei edes päätään kääntänyt – mikä sai minut vielä enemmän raivoihini. Minun olisi kai pitänyt puhua suomea, mutta hän olisi luultavasti nauranut ääntämykselleni.

Kun kerroimme ystävillemme mysteerimiehestä odottaen heidän raivostuvan tästä yksityisyyden loukkauksesta, saimme tietää, että Suomessa on voimassa jokamiehen oikeus; jokainen voi kävellä kaikkialla, poimia marjoja tai sienestää missä vain, hiihtää läpi … ja niin edelleen, paitsi jos maa-alueella on selkeä merkki "yksityisalue".

Ajoimme seuraavana päivänä lähimpään kaupunkiin, löysimme kylttifirman ja ostimme kauniin keltamustan kyltin jossa luki "yksityisalue". Kiinnitimme sen hirsimökkimme porttiin. Olisin halunnut lisätä, että "tunkeilijat, varokaa karhuja" mutta Celia onnistui vakuuttamaan minut, että "yksityisalue" riittäisi. Se näyttää toimivan, paitsi marjastaja-hiihtäjämiehemme suhteen. Olen varma, että sama mies tuli viime talvena hiihtäen paksussa lumessa suoraan avoimesta portistamme, katsoi meihin ja kyseli helpointa tietä järvelle. Ilman anteeksipyynnön tai kiitoksen sanaakaan hän katosi metsään, kohti jäätynyttä järvenreunaa. Koska poikkeuksetta kaikki vuosien varrella tapaamamme suomalaiset ovat olleet uskomattoman kohteliaita ja hienotunteisia, haluan ajatella, että "tunkeilijamme" oli harvinainen poikkeus sääntöön. Tai kuten monet suomalaiset saattaisivat sanoa, ehkä hän oli yksinkertaisesti venäläinen!

Joitakin ruohoalueita oli leikattu epäsäännöllisesti, satunnaisia väyliä koivujen ja marjapensaiden väliin, ei niinkään estetiikan kuin käytännöllisyyden vuoksi. Emme nähneet minkäänlaisia puutarhakalusteita, paitsi muutaman hassun muovituolin, perinteisiä ja raskaita puunpuolikkaista tehtyjä pöytiä ja penkkejä sekä perinnekeinuja, joita oli jokaisessa puutarhassa.

Meilläkin oli tällainen perinnekeinu takapihallamme. Astumalla keinuun joutuu hengenvaaraan, sillä keinun pohja liikkuu samaan tahtiin penkkien kanssa. Se on hyvin epävakaa, ja meidän täytyy ihailla rakennelman suunnittelua ja kekseliäisyyttä, sillä koko laite on hyvin mukava ja rentouttava kun on lopulta päässyt sen kyytiin. Mutta älä yritä sitä, jos olet toipumassa iloisesta baari-illasta ystävien kanssa!

Emme todellakaan olleet nähneet sellaista keinua ennen kuin tulimme Suomeen. Se näyttää painavalta ja monimutkaiselta, lähes kolmiulotteiselta palapeliltä, joka vie suuren tilan puutarhasta ja joka tuntui olevan pakollinen jokaisessa suomalaistaloudessa. Kun tyttäremme perheineen kävi Suomessa eräänä kesänä, he ihastuivat keinuun niin, että otimme yhteyttä valmistajaan erään ystävämme kautta ja lähetimme keinun Devoniin heidän puutarhaansa yllätyslahjana. Tyypillisellä suomalaisella tehokkuudella keinu toimitettiin hyvin nopeasti kauniiseen ja kaukaiseen puutarhaan Devoniin, Englannin vehreimpään osaan.

Vietimme sittemmin viikonlopun heidän luonaan ja autoin vävyäni keinun kokoamisessa. Onneksi ohjeet olivat kuvallisessa muodossa, suomenkielisten ohjeiden tulkinta olisi ollut silkkaa astro-fysiikkaa. Monimutkainen rakennelma on ollut tyttäreni puutarhassa nyt jo pitkään. Se on tehnyt suuren vaikutuksen kaikkiin, jotka ovat sen nähneet tai kokeilleet sen lempeää keinuntaa. Se on pieni, huvittava palanen Suomea Devonissa.

Vuosien saatossa olemme nähneet Suomen olojen paranevan vähitellen, talouden vakaantuvan ja ihmisten alkavan vaurastua. Talot ovat siistiytyneet, ne ovat paremmin hoidettuja ja paremmassa maalissa. Puutarhat ovat kauniita, ja nurmikot leikataan huolellisesti ja siististi.

Muistan ensimmäisen kesämme järven rannalla; oli kaunis, aurinkoinen ja kuuma elokuu. Kaikki oli meille vielä uutta ja vietimme paljon aikaa pienellä, keinuvalla laiturilla, istuskelimme sen reunalla ja nautimme ohiajavien veneiden peräaaltojen loiskeesta. Kun tulimme siihen tulokseen, että laiturilla voisi istua vähän mukavamminkin, aloimme etsiä puutarhakalusteita. Löysimme ainoastaan kaksi metallirunkoista, kangaspäällysteistä tuolia. Ne olivat hyvin matalat mutta käytännölliset. Löysimme ne naapurikylästä, kauan sitten lopettaneesta rautakaupasta, etsittyämme pitkään muualta. Luulen, että ne olivat brasilialaista alkuperää. Otimme niissä aurinkoa tuntikaupalla. Nykyään kaikentyyppisiä puutarhakalusteita on saatavilla lähes kaikkialta. Puutarhalehtien ja TV-ohjelmien runsaus on saanut aikaan räjähdysmäisen kiinnostuksen kaikkeen puutarhaan liittyvään, vaikkapa työkaluihin, aurinkovarjoihin, kastelulaitteisiin ja niin edelleen. Lukuisia hyvin varustettuja puutarhamyymälöitä on avattu kaikkialle, eikä niiden tarvitse hävetä englantilaisten kilpakumppaniensa rinnalla ollenkaan. Suomesta puuttuu vain muutamia meille englantilaisille tuttuja kasveja ja nekin vain siksi, etteivät ne menesty Suomen leveysasteilla.

Kaikista isoista puutarhamyymälöistä saa nykyään kansainvälisten merkkien työkaluja: leikkureita, sekatöörejä, kuokkia, teleskooppivarsia, trimmereitä ja niin edelleen, kaikkea, paitsi yhtä laitetta, jota emme tähän päivään mennessä ole Suomessa tavanneet: pystyteräleikkuri. Se on erittäin hyödyllinen kun rajataan ruohoa esimerkiksi puiden ympäriltä. Sitä ei yksinkertaisesti ole myynnissä Suomessa, ehkä siksi, että suomalaiset eivät tarvitse sitä.

Joitakin vuosia sitten päätimme antaa tällaisen leikkurin lahjaksi ystävillemme, joiden rakkaus ja kyvyt puutarhanhoitoon ovat tehneet heidän tontistaan metsän keskellä ihastuttavan värikkään puutarhan. Ostimme kahdet leikkurit lähellämme olevasta puutarhakeskuksesta, pakkasimme ne kuplamuoviin ja kartonkiin ja lähetimme Suomeen. Noudimme ne Helsinki-Vantaalta ja annoimme ystävällemme joululahjaksi tietoisena siitä, ettei niille olisi käyttöä ainakaan seuraavien kuuden kuukauden aikana. Hän on tietääkseni opetellut leikkurien käytön, ja nykyään hänen kukka- ja kasvimaansa reunat on siististi huoliteltu, siis silloin kun ne eivät ole lumen peitossa. Siispä Suomessa on nyt kahdet pystyleikkurit!

Muistan vieläkin, kun ensi kerran näimme paikallisen työmiehen leikkaavan nurmikkoa satamassa olevan kahvilan/baarin ympärillä. Istuimme terassilla juomiemme kanssa katsellen rentoutuneina järvelle, ihaillen monenlaisia veneitä pitkälle ulottuvan laiturin vieressä. Työmiehellä oli käsikäyttöinen, työnnettävä ruohonleikkuri, joka näytti ainakin 30 vuotta vanhalta ja hieman säälittävältä, eikä siinä ollut ruohonkerääjää. Hän työnteli leikkuria edellään selvästikin haluten olla jossain aivan muualla, esimerkiksi kotonaan televisiota katsellen tai ystäviensä seurassa. Päästyään rivin päähän hän ei suinkaan kääntynyt, vaan alkoi vetää leikkuria perässään tulosuuntaansa näin leikaten saman pätkän kahdesti. Tähän meni kaksinkertainen aika, ja kaikkialle jäi paksu kerros leikattua ruohoa. Hän ei ollut poikkeus. Näimme vastaavaa monet kerrat, emmekä aivan ymmärtäneet menettelyn tarkoitusta; silloin se näytti vain hieman huvittavalta.

Asiat ovat nyt muuttuneet. Leikkuutekniikka on käytännöllistä ja tarkkaa. Koko maailma on muuttumassa liiankin samankaltaiseksi.

Juhani antoi meidän ystävällisesti käyttää hänen päältäajettavaa ruohonleikkuriaan. En ollut aiemmin käyttänyt sellaista, ja pienen opettelun jälkeen oli mieluisaa ajaa puiden ja kivien ympärillä. Tämä ei kuitenkaan riittänyt puutarhan luonteen vuoksi: se oli perustettu niitylle ja siinä oli vielä töyssyjä, kiviä ja muita epätasaisuuksia sekä lukuisia puita. Laitteen keskellä oli myös pyörivä terä juuri istuimen alla, joten tästäkin syystä oli mahdotonta ulottua leikkaamaan reunoille asti. Aloin ymmärtää, miksi aiemmin oli leikattu vain pieni osa nurmikosta talon ympäriltä ja keskeltä tonttia, ei puiden, kivien tai kasvimaiden reunoilta. Oli valittu helppo tie. Leikkuri oli myös melko vanha, ja silloin tällöin terää pyörittävä hihna irtosi ja kone pysähtyi. Tämä lienee tapahtunut Juhanille monta kertaa, sillä hän oli keksinyt korvata palan hihnaa metalliketjulla: tauti ei vain ollut parantunut. Jouduin näin ollen kallistamaan konetta noin viidentoista minuutin välein ja säätämään hihnan kireyttä... ei järin ihanteellista.

En suinkaan ole mikään puutarhuri, mutta minulla on melko hyvä käsitys siitä, miten pitää puutarha siistinä. Aloin leikata pitkiä heiniä ja kaikkialle levittäytyneitä rikkaruohoja käsin, ja vähitellen löysin tonttimme rajat. Siellä, missä uskoimme vielä olevan puutarhaa olikin järvi, ja missä luulimme olevan vettä, olikin maata. Monet puut tulivat näkyviin, ja esiin tuli myös yksi pitkä ulkovalaisin hieman hämmästyneenä siitä, että tarkoitus oli jälleen valaista puutarhaa eikä piilotella pensaiden takana. Tämä kaikki oli työlästä ja aikaa vievää.

Kun olimme jonkin verran edistyneet, päätimme lopulta tarvitsevamme apua. Pitkään laiminlyötyyn "viidakkoon" oli vaikea päästä pelkillä käsityökaluilla, ja lisäksi vietimme paljon aikaa myös Englannissa. Tarvittiin henkilö leikkaamaan ruohoa ja kitkemään rikkaruohoja.

On yllättävää, miten nopeasti kaikki Suomessa kasvaa. Luonto näyttää edistyvän uskomattomalla vauhdilla. Kaikki on lumen ja jään peitossa lähes kuuden kuukauden ajan, eivätkä syksyllä kylvetyt siemenet näytä mitään elonmerkkejä ennen toukokuuta. Sitten yllättäen, kesäkuun lopulla, kasvit näyttävät saavan kiinni lämpimämpien maiden aikataulun ja kasvavat täyteen mittaansa vain kahdessa kuukaudessa. Kesän pitkät, valoisat tunnit saavat luonnon kiihdyttämään vauhtiaan, ja saattoi melkein silminnähden seurata versojen puhkeamista heti kun lumet olivat sulaneet.

Pulmana on tietenkin, että myös rikkaruohot kasvavat samaa tahtia. Jos ne jätetään kitkemättä, pian ne valtaavat puutarhan joka kolkan. Jos keväällä ja kesällä jättää puutarhan oman onnensa nojaan kuukaudeksi saa varautua palaamaan metsään ja aina vain suurempien hyttysparvien keskelle. Oli näin ollen ensisijaisen tärkeää löytää joku hoitamaan puutarhaamme siten kuin halusimme näyttämättä naurettavan pikkutarkoilta.

Tutustuttuamme muutamiin ihmisiin saimme mielenkiintoisen ja hyvän vihjeen paikalliselta ison tilan omistajalta. Paras ja nopein rikkaruohonpoistaja on etikka. Luotimme hänen neuvoonsa ja lähdimme paikalliseen supermarkettiin ostamaan etikkaa. Sitä oli suurissa muovipulloissa sekä hyvin isoissa muovisangoissa. Ostimme molempia. Kotona sekoitimme etikan huolellisesti veteen saamiemme ohjeiden mukaan, ja minä lähdin kastelemaan tienvierustaa. Päästyäni loppuun tie tuoksui hyvin sekoitetulta salaatilta, mutta seuraavana päivänä rikkaruohot olivat kuolleet!

Siitä lähtien olemme käyttäneet tätä metodia, ja paikalliset kauppiaat ovat varmaan ihmetelleet kylän etikankulutuksen lisääntymistä viimeisten viiden tai kuuden vuoden aikana. Etikka katoaa kaupanhyllyiltä heti kun sitä sinne tulee. Ehkä jotkut paikalliset ovat joutuneet luopumaan etikkakurkuistaan tai hillosipuleistaan. Meidän ajotiellämme ei kuitenkaan kasva rikkaruohoja.

Takaisin "puutarhurin" etsintäämme. Helpommin sanottu kuin tehty. Osoittautui hyvin vaikeaksi löytää sopiva henkilö, sillä puutarhanhoito ei kuulunut paikalliseen kulttuuriin. Kitkentä kuului kukkapenkkejään hoitaville naisille; puutarhureita tai maisemoijia ei ollut. Lisäksi suomalaisten "tuo saa luvan kelvata"-asenne jättää yksityiskohdat vaille huomiota. Tämä heijastuu kaikkiin arkipäivän asioihin. Huonosti sulkeutuvaa ovea täytyy tönäistä vielä kerran, rappunen on kallellaan, lattialaudat natisevat tai niiden välissä on rakoja; kaikki tämä ei epäilemättä ole elämää suurempaa. Tiedämme, että täydellisyyttä on turha tavoitella. Suomalaiset ovat hyväksyneet tämän eivätkä stressaa turhista. Niinpä rikkaruohot tai epätasaiset polut tai pitkä ruoho puutarhan puiden alla saavat olla. Laitetaanpa asiat tärkeysjärjestykseen! Suomalaiset saattavat olla oikeassa, ja täytyy myöntää, että mekin olemme vuosien saatossa tulleet laiskemmiksi ja siedämme paremmin epäkohtia. Silti halusimme puutarhamme näyttävän kauniilta, ehkä se on englantilainen pakkomielle.

Kylässä oli muutamia hyvin tunnettuja työmiehiä, joilla oli kaikenlaisia työkaluja ja jotka pystyivät mihin tahansa, jos se vaati raakaa työtä, kaivamista, nostamista, maansiirtoa tai vastaavaa. He pystyisivät varmasti leikkaamaan nurmikkomme, siirtämään kiviä tai kaatamaan puita, mutta yksityiskohtiin paneutuva puutarhanhoito ei ollut heidän alaansa. Lisäksi emme vielä olleet "paikallisia" ja olimme heidän arvoasteikossaan melko alhaalla; yhtäkkiä saattoi ilmaantua jonkinlainen hätätapaus jossakin muualla, tai sitten he eivät tulleet paikalle ollenkaan. Se oli hieman turhauttavaa, mutta se näytti olevan paikallinen käytäntö, emmekä suinkaan aikoneet yrittää muuttaa vanhoja tapoja oltuamme kylässä vasta muutamia viikkoja. Meidän täytyi siis ostaa oma ruohonleikkuri, ja usein leikkasin nurmikon itse.

Vihasin eniten ruohonkerääjän tyhjentämistä. Monesti aioin jättää kerääjän kiinnittämättä ja antaa leikatun ruohon levitä vapaasti maastoon kuten mies, joka oli leikannut ruohoa sataman kahvilan ympäristössä, mutta sitten muistin omat kommenttimme hänestä, ja minusta tuntui pahalta. Ruohonkerääjä siis tyhjennettiin ja maristiin.

Paula – ystävämme, joka Tuomon kanssa vei meidät keskitalvella metsäretkelle – auttoi meitä löytämään opiskelijan, joka hoitaisi puutarhaamme kesätyönään. Paula työskenteli tuolloin 4H-yhdistyksessä, joka tunnetusti opettaa kaikenikäisiä huolehtimaan maistaan ja metsistään, ja hän tunsi monta opiskelijaa, jotka olivat kiinnostuneita metsänhoidosta ja maataloudesta. Hän esitteli meidät mukavalle nuorelle Henna-nimiselle tytölle, joka vietti kesän puutarhassamme lähes joutilaana osoittaen ainoastaan hyvää tahtoa hitaalla tempolla. Hän ei ollut mikään puutarhuri, mutta hyvin miellyttävä teini, joka sentään piti rikkaruohot kurissa meidän ollessamme Englannissa. Emme tiedä, mitä Hennalle nykyään kuuluu; hän on epäilemättä löytänyt kiinnostavamman työn suoritettuaan yliopistollisen tutkinnon. Toivotamme hänelle kaikkea hyvää.

Viime vuosina pari paikallista koulupoikaa on huolehtinut puutarhasta ja talosta. Eräs toinen ystävämme ehdotti ensin tuntemansa pariskunnan poikaa. Hänen nimensä oli Ari. Hän tuli esittäytymään ujon teinipojan tavoin, haluttomana puhumaan englantia, mutta hyvin innokkaana hankkimaan hieman rahaa motocross-harrastustaan varten. Häntä piti hieman opettaa, ja hänen piti ensin tottua vanhemman englantilais-pariskunnan tapoihin, joita hän varmaan aluksi piti outoina ja ikävystyttävinä.

Hän oli hyvin nuori, ja hänen piti sopeutua ensimmäiseen "pomoonsa" ja toisenlaiseen ajattelutapaan; Suomessahan asioita ei sanota suoraan vaan kolmannen osapuolen välityksellä, jotta ihmiset eivät loukkaantuisi (yleensä he kuitenkin loukkaantuvat). Ari oppi, että suoraan puhuminen ei välttämättä tarkoita riitoja ja välien rikkoontumista ja etten koskaan kanna kaunaa.

Vuosien mittaan hän oppi hoitamaan puutarhaa moitteettomasti kaikkien niiden hämmästykseksi, jotka ovat nähneet puutarhamme. Hän päätti koulunsa ja lähti valitettavasti armeijaan, aikuinen nuori mies. Ennen lähtöään hän halusi varmistaa sijaisen, joka jatkaisi hänen tehtäviään. Ja niin tapahtui. Arista on tullut ystävä, ja tapaamme usein häntä ja hänen sievää tyttöystäväänsä Hannaa. Aika tuntuu kuluneen hyvin nopeasti.

Tomi astui näyttämölle: toinen poika samasta koulusta. Hän on osoittautunut yhtä hyväksi ja luotettavaksi kuin Ari. Puutarha näyttää upealta, ja voimme lähteä matkaan turvallisin mielin tietäen, että palatessamme siellä näyttää juuri siltä kuin haluamme. Meillä on ollut onnea.

Nykyään useimmat kylän puutarhat hoidetaan huolellisesti ja innolla, jota totisesti puuttui kun tulimme Suomeen ensimmäisiä kertoja. Kaikilla on ruohonleikkurit, ja ihmiset ovat oppineet leikkaamaan ruohon tasaisesti sekä myös puiden alta. Tästä heijastuu parempi elintaso ja ehkä myös meidän vaikutuksemme pieneltä osaltaan; opetimme kyläläiset nauttimaan puutarhasta täysillä tuon lyhyen ajan talvien välillä. Kuten aiemmin totesin, maailmasta on tulossa liian samankaltainen.

Vierailimme suomalaisessa kodissa ensimmäisen kerran jouluaattona. Tapasimme Juhanin ja hänen perheensä keskiyöllä (aloimme uskoa, että kaikki Suomessa tapahtui yöllä) paikallisella hautausmaalla, missä kynttilät paloivat. Useimmat muutkin kyläläiset halusivat käydä haudoilla ennen palaamistaan kotiin ruuan ja takkatulen ääreen. Meitä pyydettiin mukaan asuntoon, jonka Juhani oli ostanut vuokrattuaan talonsa meille odotellessaan Espanjaan muuttoa.

Paikka oli uskomattoman siisti, moitteettoman puhdas ja hyvin lämmin, ainakin siltä tuntui käveltyämme lyhyen matkan hautausmaalta 30 asteen pakkasessa. Riisuimme kenkämme, kuten tehdään sisään tultaessa. Koteihin tullaan harvoin kengät jalassa, se on epäsiistiä ja epäkohteliasta erityisesti talvella, kun lumipaakut jättävät jälkiä puulattiaan. Kengät jätetään aina eteiseen, joskus siististi kaappiin piiloon mutta yleisesti lattialle, jolloin eteinen vaikuttaa olevan pommin tai jopa maanjäristyksen jäljiltä. Sisällä ollaan sukkasillaan – tai kesällä paljain jaloin – ja jos talossa on lemmikkejä, mukanasi kotiin kulkeutuu epämääräinen kasa karvoja. Ehkä suomalaiset lemmikit on koulutettu siten, että ne pudottavat karvansa vain tiettyihin paikkoihin, ja koska ollaan Suomessa, myös lemmikit noudattavat lakia ja järjestystä.

Olemme kauan sitten oppineet ottamaan mukaamme kotitossut kun vierailemme ystäviemme luona. Se on helppo tapa olla kohtelias ja samalla tuntea kengät mukavasti ja turvallisesti jaloissaan. Jotkut ystävämme ovat omaksuneet saman tavan, eikä noloja tilanteita synny, kuten yhdenkin kerran ollessamme päivällisellä tamperelaisten, erittäin mukavien ihmisten luona. He olivat samat ihmiset, jotka olivat muokanneet metsän keskellä

51

olevasta maatilastaan upean suomalaisen perinnetilan, jota ympäröi ihana luonnonpuutarha.

Oli talvi, ja olimme päättäneet yöpyä tamperelaisessa hotellissa, jotta meidän ei tarvitsisi ajaa 90 kilometrin matkaa kiireellä kotiin jäisiä teitä pitkin ja jotta voisimme nauttia viinilasillisen ystäviemme kanssa. Suomen laki on hyvin tiukka päihtyneenä ajamisen suhteen. Otan mielelläni lasillisen tai pari, mutta periaatteesta en ota tippaakaan kun tiedän joutuvani ratin taakse. Muistan erään vapunpäivän (yksi suomalaisten juhlapäivistä, kun juodaan hyvin paljon) samat ihmiset kutsuivat meidät päivälliselle puutarhansa huvimajaan. Ajoimme 11 kilometriä metsätietä, ja vain silloin tällöin näimme puiden välistä pilkottavan hirsimökin.

Kääntöpaikalla, kun tie tulee upealle järvelle ja muuttuu poluksi, meidät pysäytti poliisipartio. Tervehdin kohteliaasti suomeksi, ja sain vastauksen poliisilta, joka täydellisellä englanninkielellä selitti, että hänen täytyisi tehdä puhalluskoe. Hän otti esille pienen, lyhyen muoviputken, ja pyysi minua puhaltamaan siihen lujaa. Ensi kerran elämässäni. Testi oli negatiivinen kuten odottaa saattoi, ja poliisi toivotti meille englanniksi hyvää matkaa. Automme oli ainoa koko tiellä ja ehkä ainoa moneen tuntiin. Pelottavaa. Ei missään tapauksessa kannata ottaa suurehkon sakon riskiä päihtyneenä ajaen, ei edes metsän keskellä.

Purimme matkalaukkumme hotellissa, ja kauhukseni huomasin, että toisen lämpösukkani kantapäässä oli reikä, eikä minulla ollut varasukkia mukana. Istuin koko illan yrittäen piilotella jalkojani ristien ne pöydän alla tietoisena reiästä, jonka uskoin kaikkien huomaavan. Se oli kauheaa.

Tuon ensimmäisen kerran jälkeen olemme vierailleet useissa suomalaiskodeissa. Kaikissa on ollut puulattia, ne on usein maalattu kauniilla pastelliväreillä, (mitä ei koskaan tapahtuisi Englannissa), ja niitä peittävät monet värikkäät, kotikutoiset räsymatot. Joskus niissä on kellari, jossa on vesipumppu ja varastotilaa syksyllä tehdyille marjamehuille.

Ihastuimme räsymattojen laatuun ja väreihin. Ostimme muutamia paikalliselta valmistajalta viedäksemme ne mukanamme Englantiin, muistona Suomesta. Valmistaja pakkasi ne pieneen, siistiin pakettiin voidaksemme viedä ne käsimatkatavarana koneeseen. Materiaali ja värit olivat erittäin korkealuokkaiset, sinistä, vihreää, keltaista ja jopa ruskeaa kaikki sulautuen kauniiseen harmoniaan. Matot olivat sopivia puulattioille sekä kirkkaassa kesävalossa että pehmeässä takkatulen tai kynttilänvalon loisteessa.

Ne vain eivät sopineet Englantiin, missä kodit sisustetaan ja seinät maalataan eri tavalla, missä on kokolattiamatot ja puutarhat englantilaiseen tyyliin ja ilma saastunutta. Matot vain näyttivät vääriltä. Tämä oli hyvä esimerkki siitä, miten mahdotonta on saada aikaan samanlainen vaikutelma kun kaikki elementit eivät ole kohdallaan.

Sama pätee myös toisin päin. Vuosia myöhemmin, kun jo olimme ostaneet talon Juhanilta, tuotimme muutamia huonekaluja Englannista Suomeen. Mukana oli kaunis, taitettava tamminen ruokapöytä, antiikkia, ja ajattelimme sen olevan täydellinen olohuoneen tiettyyn nurkkaan. Kun pakkaus oli purettu, pöytä näytti olevan täysin väärässä paikassa. Ehkä sen teki tumma tammenväri, ehkä paljaat hirsiseinät tai lakattu lattia tai isot ikkunat, joista tuli niin paljon valoa, tai ehkä pöydänjalkojen monimutkainen rakenne. Oli miten oli, kaluste, joka oli näyttänyt niin kauniilta edwardiaanisessa kodissamme Englannissa näytti kauhealta Suomessa. Suureksi pettymykseksemme pöytä on nykyään kesäsaunamme olohuoneessa, nurkassa peitteen alla. Hyvin surullista.

Olohuoneet ovat suomalaisen kodin tärkein huone – heti saunan jälkeen, tietenkin. Olohuoneissa on usein iso takka. Ne oli ennen muurattu graniitista tai tiilistä; nykyään ne ovat usein vuolukiveä, pehmeää kiveä, joka varastoi lämpöä erittäin pitkään ja lämmittää koko talon.

Perinteiset maalaistalot olivat pitkiä, yksikerroksisia puurakennuksia, ja huoneet olivat yhteydessä toisiinsa päivänvalon maksimoimiseksi talvella. Usein niissä oli tupa, mihin työntekijät kokoontuivat kovan työpäivän päätteeksi, istuivat pitkillä puisilla penkeillä seinänvierustoilla tuijottaen takkatulta, jutellen tilan asioista, säästä ja metsästyksestä sillä aikaa, kun naiset leipoivat tai tekivät käsitöitä.

Tamperelaisilla ystävillämme on juuri tällainen maatalo lähellä suurenmoista järveä, jota ympäröivät kauniit ja tiheät metsät. Talon vanha luonne on uskollisesti säilytetty, kuten vanha tupakin. Monesti olemme istuneet kuluneilla puupenkeillä, jotka kiertävät ison huoneen kahta seinää. Penkit lähes kiiltävät paljosta käytöstä vuosien aikana. Reunat ovat pyöreät ja pehmeät saaden paksun lankun tuntumaan melkein puiselta tyynyltä. Suuri valkoiseksi slammattu takka vie huoneesta lähes kolmanneksen ja tarjoaa nykyään lämpimän nukkumapaikan kissoille, annettuaan lohtua ja turvaa entisaikojen työmiehille. Katossa roikkuvat edelleen vartaat, joissa rukiiset reikäleivät kuivattiin. Paikassa on ainutlaatuisen luonnollinen tunnelma, yhtä aikaa eristäytynyt ja ylpeästi perinteinen.

Vähäisimmälle huomiolle jääneet huoneet suomalaisissa kodeissa ovat aina olleet makuuhuoneet ja kylpyhuoneet. Ne ovat vain välttämätön paha, paikkoja, joissa nukutaan ja peseydytään. Niissä ei tarvitse olla mitään ylimääräistä, ja niiden tulisi viedä kodissa niin vähän tilaa kuin mahdollista.

Makuuhuoneet ovat ... no, vain makuuhuoneita. Nurkassa on vuode yhdelle tai kahdelle. Se on usein seinää vasten niin että sänkyyn on kömmittävä jonkun toisen jalkojen yli, olitpa nuori ja notkea tai vanha ja väsynyt.

Muistan paikan, jossa kävimme monta vuotta myöhemmin kun näytti siltä, että Juhani halusi talonsa takaisin Espanjan seikkailun epäonnistuttua. Aloimme etsiä muita vaihtoehtoja, jotta voisimme jäädä Suomeen. Halusimme edelleen nauttia raikkaasta ilmasta ja maaseudun kauneudesta. Kiinteistövälittäjä ajelutti meitä paikasta toiseen ottaen asiakseen näyttää meille mieluisia asuntoja, vaikka se oli vaikeaa, sillä pidimme kovasti nykyisestä talostamme.

Ajoimme järvenrantatilalle (kuinkas muutenkaan?), jonka omisti keski-ikäinen pariskunta. He esittelivät meille paikkaa kuvaillen kaikkea hyvällä englanninkielellä. Talo ei ollut suuri mutta se oli hyvin hoidettu. Lisäksi tontilla oli useita ulkorakennuksia, joista hienoin oli aivan uskomaton autotalli. Seinillä roikkuivat kaikki mahdolliset kuviteltavissa olevat työkalut. Siellä oli myös taittopöytä eläinten, erityisesti hirvien suolistamiseen, eräänlainen maaseudun leikkauspöytä. Loivasti järvelle kaartuva ajotie oli hyvin hoidettu, ja talviajon helpottamiseksi se oli jopa lämmitetty. Talossa oli iso sauna, jonka edessä terassi avautui mukavasti järvelle.

Puuttuva asia oli ilmiselvästi vessa. Autotalliin oli asennettu vain sähköllä toimiva vessa, mutta meille kerrottiin, ettei se kuitenkaan toiminut talvisaikaan. Kun kysyimme talon emännältä, miten he vastasivat luonnon kutsuun, hän sanoi: "No, me pärjäämme, olemmehan suomalaisia." Tarkoittiko hän, että he turvautuivat vapaaehtoiseen ummetukseen noin vuoden verran, vai että suomalaiset selviytyvät yleensäkin ilman vessaa ja ovat siitä ylpeitä?

Oli miten oli, päättelimme, ettei tämä mukava keski-ikäinen, hyvin koulutettu, kohtelias suomalais-pariskunta pitänyt vessaa tai kylpyhuonetta kodin keskeisenä elementtinä. Meistä tämä oli hämmästyttävää. En voi olla ajattelematta, että tämä lähes vapaaehtoinen vaikeimman kautta tekeminen on teatraalista ja marttyyrimaista 2000-luvun Suomessa, josta on tullut yksi maailman teknisesti kehittyneimmistä maista. Suomalaiset tekevät ison numeron maailmalla siitä, kuinka he ovat jatkuvasti alttiina äärimmäisille sääolosuhteille ja kärsivät mahdottoman kovasta ja vaikeasta menneisyydestä. Näin he jotenkin uskovat saavuttavansa paikkansa ainutlaatuisena kansana, joka pystyy selviytymään elämän vaikeuksista ja erottumaan muista. Tämä on luultavasti tapa löytää yhtenäisyys ja kansallishenki tässä nuoressa maassa.

Voi olla, että tämä pari seurasi aidosti tätä kaavaa, jossa Suomen köyhä ja vaikea menneisyys ja näistä seuraavat epämukavuudet ovat olennainen osa tätä ylpeää maata, joka vielä nykyäänkin yrittää löytää oman paikkansa maailmannäyttämöllä tajuamatta, että teollisten saavutusten ja kansainvälisen imagon ansiosta Suomen paikka on jo huipulla.

Nyt eksyin aiheesta. Takaisin koteihin ja kylpyhuoneisiin, joita ei ollut (vasta hiljattain sisustuslehdet ovat alkaneet esitellä kylpyhuoneita kotiin olennaisesti kuuluvina huoneina).

Asunnoista löytyy yhä pieniä, ilman suihkuverhoja tai -seiniä olevia suihkuhuoneita, joissa vesi peittää koko lattian. Huoneen seinät, ovi, vessanpytty ja pesuallas kastuvat veden hiljalleen valuessa kohti laatoitetun lattian keskellä olevaa, hitaasti vetävää viemäriä. Moppaus on ainoa tapa välttää kosteutta tai poistua suihkusta ulos jättämättä märkiä jälkiä kaikkialle. Niin ihanaa työpäivän päätteeksi nauttia kuumasta suihkusta ja sitten mopata koko lattia ennen kuin voi kuivata itsensä!

Pähkinänkuoressa: kylpyhuoneiden ei tarvinnut olla mukavasti tai kauniisti sisustettuja, mutta toisaalta, sauna ja järvi tarjosivat ihanan vaihtoehdon.

Sama päti makuuhuoneisiin. Tässä huoneessa aikaa pitäisi viettää silmät suljettuina. Sitä ei näin ollen tarvinnut sisustaa komeasti tai mukavasti, pääasia että siellä oli sänky.

Palataanpa mukavaan pariskuntaan, joiden talossa ei ollut vessaa. Makuuhuone oli hirsitalon parvella. Taitekaton alla pystyi seisomaan vain parven keskellä. Sivuille siirryttäessä oli kumarruttava enemmän ja enemmän... parvi oli tilava ja valoisa. Ainoa vaikeus oli päästä sinne. Parven reunaa vasten nojasivat jyrkät puuportaat. Nukkumaan mennessä oli kiivettävä nämä hatarat portaat ylös, ja sanotaan nyt suoraan, en voinut kuvitella mitään vaarallisempaa kostean, ystävien kanssa mukavasti nojatuoleissa vietetyn illan jälkeen. Kuvittelin meidän parvelle päästyämme muistavan, että saunan valot jäivät päälle tai että Celia unohti pakastimesta otetun lihan keittiön työtasolle. Ajatus noiden mahdottomien portaiden käytöstä olisi merkinnyt huikeita sähkölaskuja ja roskiin heitettyä ruokaa.

Samaisessa talossa oli kuitenkin hyvin mukava ja tilava sauna sekä pukuhuone, jossa voi löylyjen välillä rentoutua ja nauttia pari olutta. Arvojärjestys siis oli toinen kuin mihin olimme tottuneet.   Sauna on luultavasti suomalaisen kodin tärkein huone, ja se tosiaankin ansaitsee oman erillisen lukunsa.

Kaikki ikkunat olivat kolminkertaisia, asia, joka oli meille uutta. 100-vuotiaassa edwardiaanisessa talossamme Englannissa on tosiaankin vain yksinkertaiset ikkunaruudut ja ikkunanpuitteissa paljon koloja. Se ei ole kovinkaan lämmin edes suhteellisen lämpiminä englantilaistalvina, vaikka meillä on tehokas keskuslämmitys.   Yksinkertaiset ikkunat ovat tosin helpot puhdistaa – laiha lohtu. Eräänä kesäpäivänä Suomessa päätimme pestä kolminkertaiset ikkunamme. Tämä vaati erityistaitoja. Kun ikkuna oli auki, piti kaksi sisintä ikkunaa erottaa toisistaan, ja meillä oli kuusi ikkunapintaa pestävänä. Onnistuimme operaatiossa ja vieläpä kiinnittämään kaksi sisintä ikkunaa jälleen kiinni toisiinsa.

Seuraavana talvena kun lämpötila putosi alle 20 pakkasasteen, ikkunat – erityisesti keittiön valtavat ikkunaruudut – jäätyivät välistä. Oli mahdotonta nähdä selvästi puutarhaan tai järvelle. Syynä oli pieni, kesällä ruutujen väliin jäänyt kosteus. Opimme, että ikkunat ja puitteet tulee kuivata huolellisesti ennen kuin ne suljetaan. Tätä ongelmaa ei ole vetoisissa englantilaisikkunoissa. Suomen talvet ovat erityisiä.

Vuosien kuluessa olemme todistaneet valtavaa muutosta suomalaisten suhtautumisessa kotiin, sen suunnitteluun ja kalustamiseen. Sisustuslehtiä löytyy jokaiseen makuun kaikkien markettien hyllyiltä. Ihmiset jopa hämmentyvät laajan sisustus- ja kalustevalikoiman edessä. Ennen vain harvoille tutut sisustusnimet ja -käsitteet tunnistetaan laajalti. Jälleen kerran maailma on ikävä kyllä yhtenäistymässä, ja yksilölliset piirteet hukkuvat maailmanlaajuiseen, katkeamattomaan markkinointivirtaan.

Toivottavasti metsät ovat jatkossakin terveellisesti ja järkevästi vaikuttava tekijä suomalaisten elämässä. Ei mitään Prada-puita tai Gucci-kiviä Suomeen, vain kunnon perinteistä, turvallista luontoa.

# SAUNA

Suomalainen rakentaa saunan minne tahansa, vaikka autiomaahan.

Suomalaiselle sauna ei ole pelkkä kuuma huone, se on elämäntapa, lähes uskonto, jota myös me olemme vuosien kuluessa oppineet ymmärtämään ja arvostamaan. Sauna ei ole pelkkä nautinto, sauna on tarve ja perinne, jonka avulla suomalaiset ovat kiinni luonnossa.

Englannissa kenellekään ei tule edes mieleen kysyä, onko uudessa talossa tai huoneistossa kylpyhuone- ja saniteettitilat. Suomalaiset eivät voi kuvitellakaan taloa tai huoneistoa ilman saunaa. Näin on aina ollut ensimmäisistä metsissä asuneista heimoista lähtien.

Sauna tunnetaan useimmissa maissa. Kuntokeskuksissa, urheilu- ja uimahalleissa sekä hotelleissa, kaikissa on sauna. Niiden seinät ovat valkoista kaakelia, seinustoja kiertävät hienot penkit, niissä on design-valaistus ja sähkölämmittimet. Ne sekoitetaan usein turkkilaisiin saunoihin tai höyryhuoneisiin. Ihmiset istuvat lauteilla 10 minuuttia, yhtäkään pisaraa vettä ei heitetä kiukaalle, sitten istutaan lepotuoleilla kaakeloidussa, upeasti valaistussa vilpolassa ja ollaan hyvin muodikkaita, moderneja ja väsyneitä. Tämä on taas yksi esimerkki siitä, kuinka jokin vapaa-ajan tapa on kopioitu omaan maahan statussymbolina tänä kiireisenä ja välinpitämättömänä aikana.

Perinteisesti suomalaiset saunat ovat olleet pienenpieniä puurakennuksia tontin perukoilla tai metsässä, kauempana talosta ja, jos mahdollista, veden äärellä. Ne olivat pieniä rakennuksia, joissa oli pieni ikkuna sekä kiuas ja pari puupenkkiä eri tasoissa. Ilmeisesti oikea tapa rakentaa saunanlauteet on asettaa yksi laude kiukaan yläreunan kanssa samaan tasoon ja seuraava noin 50 cm sen yläpuolelle istumista varten. Tällä tavalla jalat ovat samassa tasossa kuumien kiuaskivien kanssa. Minulle sanottiin, että näin verenkierto maksimoidaan ja saadaan lämpimin löyly. En tietenkään voi, enkä edes halua hyväksyä tai hylätä tätä teoriaa; kaikissa näkemissäni saunoissa on ollut sama periaate. Se on varmasti oikea.

Maaseudulla ajellessa näkee usein puiden välistä pieniä, vanhuuttaan lähes kallellaan olevia rakennuksia kymmeniä vuosia routineessa maassa. Nämä pienet tönöt tunnistaa saunoiksi peltikatoilla nököttävistä savupiipuista. Näissä saunoissa ovat monet sukupolvet hikoilleet pois päivän pölyt rankan työpäivän jälkeen. Nyt nuo pienet monumentit pysyvät hädin tuskin pystyssä, niitä käytetään harvakseltaan tai ne on kokonaan unohdettu ja laiminlyöty, korvattu uusilla, ikävystyttävillä sähkösaunoilla sisätiloissa. Suomessakin ihmiset alkavat antautua kiireen ja mukavuudenhalun sanelemille vaatimuksille. Se on ikävää ja surullista, mutta väistämätöntä.

Monesti saunojen edustalla on pieni terassi, missä voi vilvoitella ja juoda saunajuoman löylyjen välillä. Saunassa on aina rentouduttu, puhdistauduttu, juteltu ja ajateltu. Oikeassa saunassa ei pidetä kiirettä.

Keväällä ja kesällä ikkunasta tuleva hämärä valo, tai himmeä sälevarjostimen suojaama sisävalo antavat saunalle salaperäisen luonteen. Palavat puut, veden sihahdus kiukaalla, kuuma höyry, sauna-aromin koivuntuoksu: kaikki yhdessä muodostavat puhtaan ja salaperäisen kokemuksen. Saunassa mietiskellään, keskustellaan, tehdään päätöksiä ja tietenkin hikoillaan. Saunassa kaikki ovat tasa-arvoisia.

Monet isot päätökset on tehty saunassa, koskivatpa ne sitten politiikkaa, liike-elämää tai perheasioita. Ystävät kutsutaan saunomaan koko illaksi, juomaan olutta ja syömään makkaraa samaan tapaan kuin me Englannissa kutsumme ystäviä illalliselle. Pidämme itsekin saunailtoja. Celia juttelee ystävänsä kanssa vilpolassa gintonicin tai mehulasin äärellä sillä aikaa, kun ystävän aviomies ja minä istumme saunan lauteilla vaihtaen mielipiteitä maailman menosta, hikoillen ja odotellen saunamakkaroiden kypsymistä.

Kun ihohuokoset ovat avautuneet keskimäärin 80 asteen lämmössä, (monet tuntuvat yrittävän kestää korkeampia lämpötiloja, mutta minulle riittää 80 astetta. Korkeammassa lämpötilassa istuminen menee jo masokismin puolelle) viileä suihku tai pulahtaminen järveen tuntuu sekä virkistävältä, puhdistavalta että miellyttävältä.

Nautin saunomisesta hyvin paljon. Pidän siitä kesällä, kun mikään ei voita saunanjälkeistä uintia viileässä järvivedessä ja talvella, kun olen monesti kieriskellyt lumessa löylyjen jälkeen 25 tai 30 asteen pakkasessa näin todistellen itselleni, että pystyn yhä tässä iässä olemaan hullunrohkea.

Virallinen selitykseni on se ihana, kipristelevä tunne, kun lämpötilojen ero saa verenkierron salamannopeasti liikkeelle. Salattu totuus on teatraalisempi, toive todistaa jotakin mitättömän tärkeää kuten kyky nauttia äärimmäisyyksistä tai tuntea itsensä vielä nuoreksi ja vahvaksi. Oli miten oli, hyvänolon tunne saunan ja lumessa pyöriskelyn jälkeen on hyvin virkistävä.

Muistelen ilolla vuoden 2002 uudenvuoden aattoa, kun Markku ja Arja olivat kutsuneet meidät kylään syömään rapuja ja juomaan jääkylmää vodkaa. Markku ja minä menisimme saunaan ennen syömistä.

Oli pilkkopimeää kun saavuimme heidän järvenrantapaikkaansa noin kello kuudelta illalla. Emme pystyneet näkemään järven reunaa puutarhan perällä. Lunta oli paljon, talo oli lämmin ja kutsuva koristevaloineen, jotka vielä olivat paikoillaan joulun jäljiltä. Alkudrinkin jälkeen Markku ja minä menimme saunaan, joka sijaitsi kauempana talosta. Pienellä terassilla paloivat kynttilät, ja pari olutta oli laitettu esille. Istuimme hämärässä löylyhuoneessa puhellen liikeasioista, tulevaisuuden suunnitelmista ja perhe-asioista.

Pidimme pari lyhyttä taukoa terassilla juoden olutta ja antaen ruumiinlämmön tasaantua ennen seuraavaa istuntoa. Noin kaksi tuntia ja muutamaa olutta myöhemmin palasimme naisten seuraan ja istuimme päivällispöydän ääressä keskiyöhön, uuteenvuoteen asti, hyvin sivistyneesti. Oloni oli puhdas, kevyt ja tyytyväinen. Elämä koostuu pienistä iloista ja suomalainen sauna on ilman muuta yksi niistä.

Jopa tyttärenpoikammekin ovat kokeilleet saunaa ja pitävät siitä. Nuoresta iästään huolimatta he ovat ymmärtäneet suomalaisen saunan periaatteen ja tarkoituksen. He ovat saunoneet kanssani jutellen kaikenlaisista asioista, hikoilleet, nauttineet kipakasta löylystä ja raikkaasta juomasta löylyttelyn välillä ja viimein pulahtaneet järveen uimaan ja syöneet lopuksi pullean, kuuman saunamakkaran.

Nykyään monessa asunnossa on sähkösauna: se on puhdas, nopea ja käytännöllinen. Se voi olla hetivalmis kun kansi avataan ja kiukaalle heitetään vettä. Pidän enemmän puulämmitteisistä saunoista ja niiden vaatimasta rituaalista: haetaan puut, ladotaan ne saunanpesään, sytytetään tuli, haetaan vettä puuämpärissä, valmistellaan koivuaromi ja käydään silloin tällöin vilkaisemassa, että puut palavat ja lämpötila kohoaa. Sauna ei ole vain hikisillä puupenkeillä istumista. Sauna on seremonia, joka kohottaa ihmisen arjen yläpuolelle, irti rutiineista. Sähkösauna on kuin taiteilija ilman väripalettia.

Suurin saunanautinto on kuulemma savusauna, jonka löylyistä hypätään jäiseen järveen. Saatan jonain päivänä kokeilla savun tummentamaa "mustaa saunaa". Jäiseen järveen hyppäämisestä en ole niinkään varma, siinähän voi ikiajoiksi kadota jään alle, puhumattakaan vanhenevien jäsenieni saamasta shokista. En myöskään pidä ajatuksesta, että nälkäinen Herra Hauki näykkii jäätyneitä sukukalleuksiani! Kuten sanottu... ehkä. Toistaiseksi olen pystynyt vain tekemään avannon lähelle rantaa, jossa veden syvyys on noin 60 cm ja istumaan vedessä saunan jälkeen. Kerran kun vedenpinta jäätyi nopeasti, rikoin jään jaloillani. Kun palasin sisään, Celia huomasi jaloistani vuotavan verta. Lasinterävä jäänreuna oli leikannut jalkoihini pieniä haavoja, enkä ollut sitä edes huomannut. Jopa saunassa voi olla vaarallista.

Saimme tästä todisteen kerran kun hyvin kummallinen vehje purjehti järvellä ohi keittiön ikkunamme. Se oli pieni hirsimökki, jossa oli ikkuna ja metallinen savupiippu. Se oli perämoottorilla varustettu uiva sauna. Jotkin paikalliset olivat päättäneet, että olisi mukava kalastaa löylyjen välillä ja nauttia järven iloista ja Päijänteen viileästä vedestä. Erinomainen ajatus. Valitettavasti eräänä päivänä kun saunojat nauttivat löylyistään ja oluestaan, uiva sauna päätti lähteä omille teilleen. Se ajautui Päijänteen virtausten mukana aivan lähelle pientä moottoriristeilijää, joka lähestyi kylän satamaa. Yhteentörmäystä ei tapahtunut, mutta risteilijän peräaallot saivat saunan keikahtamaan kumoon, niin että putoilevat kuumat kiuaskivet aiheuttivat pahoja palovammoja alastomille saunojille. Heidät piti viedä paikalliseen sairaalaan saamaan ensiapua.

Tämän episodin jälkeenkin olemme nähneet saunan purjehtivan järvellä ikkunamme ohi. Omistajat ovat varmaankin parannelleet saunan vakautta ja luultavasti asentaneet myös turvavyöt. Suomalaiset rakastavat saunojaan!

# KYLÄ

Kun olimme asettuneet taloksi kyläämme, meidän piti ensimmäiseksi käydä ruokakaupassa. Jääkaappi oli tyhjä ja pakastin sitäkin tyhjempi. Halusimme myös nähdä, millaista kylässä oli. Olimme nähneet siitä vain pienen vilauksen käydessämme taloa katsomassa muutama kuukausi aikaisemmin. Kylä oli vain nimi kartalla.

Päätien varrella oli kaksi markettia, neljä pankkia, postitoimisto, kukkakauppa, kunnanvirasto, muutama kauppa, jotka myivät valokuvaustarvikkeita, luontaistuotteita, kelloja ja koruja ja sähkötarvikkeita. Ei muuta. Kuuluisa – tai huonomaineinen – Tehi-baari, missä kanta-asiakkaat istuskelivat korkeilla jakkaroilla aamusta iltaan tuijotellen ikkunoista ulos. Suuri kirkko, jossa oli korkea torni ja paanukatto uuden tervakerroksen tarpeessa (terva on tahmea aine, joka antaa paanukatoille upean puhtaan ilmeen ja on täydellinen vesieristys), kahvila, jonka edessä seisoi bensapumppuja – onneksi ilman bensaa – siinä kaikki. Ei, anteeksi, hyvä apteekki. Kylän 3000 asukkaasta suuri osa oli vanhempia ihmisiä, joten siellä oli ehdottomasti oltava hyvin varustettu apteekki. Kaksi tiskin takana palvelevaa rouvaa valkoisissa asuissaan eivät juuri hymyilleet. Voin ilokseni kertoa, että apteekki on yhä paikoillaan, ja sen omistajat ovat erittäin mukavia ihmisiä, jotka myös puhuvat täydellistä englantia. (Kuulostan hyvin siirtomaahenkiseltä, mutta englanninkielestä on apua!)

Oli heinäkuu ja lomakausi kiivaimmillaan, ja kaikki noin 20 autopaikkaa marketteja vastapäätä oli varattu. Kaikkialla tuntui hyörinä ja pyörinä. Yksi auto kiinnitti huomiomme: siinä oli englantilaiset kilvet. Olimme hyvin kiinnostuneita tutustumaan maanmieheemme täällä Keski-Suomessa, pienessä kylässä. Kun auton omistaja tuli kaupasta ja käveli autolleen, kysyin häneltä mistäpäin Englantia hän oli kotoisin. Tätä en ikimaailmassa olisi tehnyt Englannissa, brittikulttuuri ei salli tällaista erehdystä. Siellä ei koskaan lähestytä tuntematonta ja kysytä suoraan, mistä tämä on kotoisin. Se täytyy tehdä ohimennen ja vaivihkaa, ensin keskustellaan säästä ja sen vaihtelusta, sitten siirrytään ehkä autoihin ja sen sellaisiin asioihin ja lopulta esitetään pääkysymys hyvin nopeasti, poispäin katsellen, lähes kuiskaten "oletteko tulleet kaukaakin...?" toivoen, että vastaus tyydyttää uteliaisuuden.

Me olimme pienessä, suomalaisessa kylässä, ja eteemme oli yhtäkkiä ilmaantunut tuntematon henkilö, joka saattoi pilata onnemme täällä rauhan keitaalla kaukana maailmanmenosta ja yrittää jakaa yksinomaan meille kuuluvan luonnonkauneuden.

Hän osoittautui herrasmieheksi, joka asui lähellä Lontoota ja oli kylässä kesän ajan. Hän näytti miellyttävältä, ja annoimme hänelle lähes anteeksi tutuissa kilvissä olevan Jaguarin. Hän tiedusteli täydellisellä englanninkielellä, miksi me olimme Suomessa. Nähtävästi hän oli kuullut englantilaisperheestä, joka oli valinnut pakopaikakseen hänen kylänsä, ja tämä huvitti häntä. Lyhyen keskustelun päätteeksi saimme tietää, että hänen poikansa asui Englannissa vain muutaman sadan metrin päässä meidän talostamme, ja että hän itsekin tiesi talomme ajettuaan sen ohi monta kertaa mennessään poikansa luo. Suomi on hyvin laaja ja harvaanasuttu maa, kun taas Englannissa asuu noin 60 miljoonaa ihmistä. Onko maapallo käymässä liian pieneksi? Vuosia myöhemmin olin Englannissa paikallisella lääkärillä, ja keskustelu siirtyi automaattisesti Suomeen ja siihen, kuinka paljon siitä pidimme. Hän mainitsi, että hänellä oli muutamia suomalaisia potilaita, jotka asuivat pienessä kaupungissamme. He osoittautuivat tämän Jaguarilla Keski-Suomessa ajelleen herrasmiehen perheeksi. Nauroimme tohtorin kanssa makeasti näille elämän pikku sattumuksille.

Käytännön syistä päätimme, että meillä pitäisi olla suomalainen pankkitili, olihan tarkoituksemme tulla Suomeen säännöllisesti seuraavien vuosien aikana. Halusimme jotenkin saada kunnollisen jalansijan ja tuntea kuuluvamme systeemiin. Kävelimme Postipankkiin. Emme mistään erityisestä syystä. Postipankki oli meille vain nimi. Se vain sattui sijaitsemaan meidän puolellamme kylää halkovaa päätietä. Huomatkaa, ettei vilkas liikenne olisi estänyt meitä ylittämästä tietä mennäksemme Meritaan (nykyiseen Nordeaan). Autoja oli vähän ja harvakseltaan. Valitsimme yksinkertaisesti helpoimman vaihtoehdon.

Vähäisten muodollisuuksien jälkeen kävelimme ulos Postipankista heinäkuun helteeseen muutama sata markkaa suomalaisella tilillämme. Koko toimitus ei kestänyt viittätoista minuuttia kauempaa, enkä muista, pitikö meidän edes näyttää passimme. Postitoimistoa ei enää ole ja Postipankki on kauan sitten sulautunut suureen vakuutusyhtiöön. Trendi on yleinen useimmissa maissa, pienet postitoimistot suljetaan tehokkuuden ja tuottavuuden nimissä (miten inhoankaan noita käsitteitä!). Täytyy sanoa, että kaksi naista, jotka työskentelivät tiskin takana käsitellen paketteja ja kirjeitä, postimerkkejä, tiliotteita ja rahaa, eivät juuri näyttäneet nauttivan työstään. Itse asiassa minusta tuntui, että he tekivät kaikkensa, jotta asiakas tuntisi syyllisyyttä nostaessaan rahaa omalta tililtään. Meillä siis oli suomalainen pankkitili nopeasti ja ongelmitta.

Nuo ajat ovat valitettavasti olleet ja menneet. Olen varma, että jopa tässä luottavaisessa maassa Bin Laden-efekti on johtanut liiketoimien tarkempiin tutkimuksiin ja suositusten vaatimiseen ennen pankkitilin avaamista. Englannissa olemme tottuneet siihen, että meiltä säännöllisesti tiedustellaan mummomme lemmikin nimeä, vanhempiemme lempimusiikkia, naapurin alusasun väriä ja pesulakuitteja ennen kuin pankin tai luottokorttiyhtiön kanssa voi tehdä yhtään mitään. Suomessa ei ehkä pienen asukasmäärän vuoksi ole vielä menty tällaisiin äärimmäisyyksiin, mutta olen varma, että jopa täällä kestäisi nykyään kauemmin kuin 15 minuuttia avata uusi tili. Kylässämme pesulakuitit saattaisivat muodostua ongelmaksi, sillä kyläläiset eivät näytä käyttävän pesulapalveluita, ja lemmikkien nimiä meidän olisi mahdotonta muistaa, sillä isovanhemmillamme ei koskaan ollut niitä. Kun pari vuotta myöhemmin kuulimme huhua, että Postipankki sulkisi kylän konttorin, päätimme lopulta ylittää kylää halkovan päätien ja siirtää tilimme Meritaan. Meihin teki jälleen kerran suuren vaikutuksen nopea ja mutkaton palvelu.

Postitoimisto lakkautettiin, eikä siitä aiheutunut kyläläisille mitään traumaa. Toinen marketeista otti hoitaakseen postiasiamiehen tehtävät. Yksi kulma kaupasta maalattiin keltaisen ja harmaan sävyillä postin värcihin, ja sinne asennettiin tietokonesysteemi. Kun halusi hakea paketin tai lähettää kirjatun kirjeen piti vain kärsivällisesti odottaa tiskin luona, kunnes joku marketin henkilökunnasta tuli palvelemaan. Ei ongelmia. Odotat vain, ja joku tulee hoitamaan asiasi. Mitä on viisi minuuttia ihmiselämässä? Postiasiamies on nyttemmin vaihtunut tien toiselle puolelle lähikauppaan, mutta systeemi on silti sama: postiasiat hoidetaan videovuokrauksen, limsanmyynnin tai lottoamisen lomassa. Se näyttää toimivan.

Oli lämmin päivä heinäkuussa, lomakaudella, jolloin kylämme asukasluku kolminkertaistui kesäasukkaiden ansiosta. Muutama auto oli parkkeerattu markettien parkkipaikoille. Vallitsi unettavan rauhaisa tunnelma. Kylä oli kaavoitettu kummallisella tavalla, suunnittelematta ja summittaisesti keskelle kaunista maaseutua Päijänteen ja muiden järvien rannalla. Päätien varrella oli laatikkomaisia, 50-luvulle tyypillisiä 2-kerroksisia rakennuksia, kulmikkaita, muodottomia betonirakennelmia, joita tapaa useimmissa Neuvostoliiton vaikutuksen alaisina olleissa Itä-Euroopan maissa. Olemme nähneet monia paikkakuntia Helsingin ja Jyväskylän välillä, jotka on kaavoitettu samaan huonosti toteutettuun, mauttomaan tapaan kuin noin 50 vuotta sitten ottamatta lainkaan huomioon harmoniaa, muotoja tai kulttuuriperintöä.

Kylämme on tästä tyypillinen esimerkki, rumien ja harmaiden rakennusten rivi. Minulla ei ole mitään modernia arkkitehtuuria vastaan, joka epäilemättä ilmenee hienona kaikkialla, myös Suomessa, joka on monien maailmankuulujen suunnittelijoiden ja arkkitehtien synnyinmaa. 50- ja 60-luvuilla toinen maailmansota oli vielä hyvin muistissa ja asutusta haluttiin kehittää, mutta tuolloin luotiin joitakin yhä pystyssä olevia arkkitehtonisia hirviöitä, joiden olemassaoloa ei voi mitenkään perustella.

Kylämme rumasta ja persoonattomasta keskustasta vain muutaman sadan metrin päässä sijaitsee alkuperäinen, ihastuttava asutus, pastellinvärisiä puutaloja vieri vieressä kuin hyväillen toisiaan. Asutusta halkoo yksi tie, Päijänteen jäädessä sen itä- ja Vesijärven länsipuolelle (siinä on järkeä, uskokaa pois). Tien varrella on vanha koulu, vanha apteekki, vanha leipomo, kaikki vanhat rakennukset tyhjillään. Kylä näyttää yhä pyytelevän anteeksi rumia betonirakennuksia vain vähän matkan päässä.

Menimme keskustan toiseen markettiin ja vaikutelma oli tuttu. Vihannekset olivat oven vieressä, sitten lihatiski ja niin edelleen. Maailmasta on tullut kaikkialla samanlainen. Meidän marketissamme oli onneksi yksi ero: siellä ei ollut ihmisiä eikä musiikkia. Rauha.

Kunnassamme asuu talvisin noin 3000 asukasta. Opimme pian, että kun ihmiset puhuivat kunnasta, he tarkoittivat koko aluetta, johon kunnanhallinto ulottui. Suomessa tilan käsite on erilainen kuin muissa Euroopan maissa: jos "kunnassa" on 3000 asukasta, vain 500 tai 600 asuu varsinaisessa taajamassa. Muu asutus on hajallaan siellä täällä, pienissä yhdyskunnissa, joista jokainen yrittää säilyttää identiteettinsä, perinteensä ja juhlansa ja joilla on oma päällikkönsä, ennen muinoin yhteisön varakkain tai vahvin henkilö. Me puhuimme kylästä, mutta paikalliset kunnasta.

Tässä on jäänteitä metsästäjistä ja keräilijöistä, jotka ensimmäisinä asuttivat metsät ja kehittivät omat sääntönsä ja tapansa. Tuntemattomien hallitsijoiden kaukaisissa kaupungeissa säätämiä lakeja ei noudatettu tai otettu käytäntöön. Lainsäätäjät eivät ymmärtäneet elämää metsien keskellä. Nykyään lakeja noudatetaan ja kunnioitetaan, ja ihmiset valitsevat kunnan johdon. Tästä huolimatta yksittäisissä kylissä noudatetaan vanhoja traditioita ja rituaaleja, ne ovat turvallisuuden ankkureita.

Kesäkuukausina ja joskus talvella kansallisen vapaapäivän vuoksi kunnan asukasluku kolminkertaistuu ja näemme uusia kasvoja, uudempia autoja ja uusinta muotia keskustan marketeissa. Helsingistä ja etelästä tulleet vierailijat tulevat kaupunkilaisen kiireellä ja ylemmyydentunteella hallitsemaan. Onneksi he mukautuvat hyvin nopeasti suomalaiseen maalaiselämään, joka sujuu rennoissa vaatteissa hitaasti, kohteliaasti ja kärsivällisesti. Tässä vaiheessa heidän lomansa on yleensä lopussa, ja he palaavat kaupunkielämäänsä jättäen kylän entiselleen.

Kylässämme – en pysty kutsumaan sitä kunnaksi – on ihastuttava satama kerran niin aktiivisen paperitehtaan vuoksi. Tehdas on yhä olemassa kauniine 1800-luvun tiilirakennuksineen ja korkeine savupiippuineen. Sen voisi muuttaa museoksi, kuten on tehtykin muualla Suomessa, tai virkistyskeskukseksi elävöittämään yhteisöä. Niin saattaa käydäkin, jos paikallishallinto jossakin tylsässä kokouksessaan innostuu ja löytää rahoituksen. Toivoa sopii.

Muutama vuosi sitten kylään tuli vihdoinkin Alko. Alkolla on alkoholijuomien myynnin monopoli Suomessa. Suomessa juodaan paljon, ehkä pitkien, pimeiden talvikuukausien takia. Myös kesien yöttömät yöt ja siniset järvet saavat ihmiset juomaan. Kalenteriin merkityt juhlat kuten vappu tai juhannus saavat ihmiset juomaan. Toisin sanoen suomalaiset käyttävät paljon alkoholia. Olen monesti ihmetellyt opaskirjaamme, jossa sanottiin kahvin olevan Suomen kansallisjuoma. On selvää, että kahvia juodaan paljon mutta myös valtaisat määrät olutta, Koskenkorvaa, Finlandia-vodkaa ja viiniä.

Kun olimme uusia tulokkaita kylässä ei ollut Alkoa, ja alkoholijuomat piti ostaa paikallisista baareista, jotka edelleen myyvät alkoholia selvästi päihtyneille, tai tehdä pikainen ostosmatka lähimpään kaupunkiin. Näin teimme monta kertaa kun huomasimme, että toki vain lääkekäyttöön tarkoitetun viskipullon pohja häämötti.

Sitten meillä yhtäkkiä oli Alko huoltoaseman vieressä ja paljon parkkitilaa. Alko on tuonut kylään tuloja ja se on lisännyt paikallisten rahankäyttöä. Olen kuullut, että meidän Alkomme myy Helsingin jälkeen toiseksi eniten Suomessa. Mekin olemme omalta pieneltä osaltamme olleet vaikuttamassa tähän, mutta kyllä se kertoo paljon kylän elämästä.

# SUOMEN KIELI

Kun nyt oli selvää, että viettäisimme joitakin ajanjaksoja Suomessa ainakin seuraavien kolmen vuoden aikana, ostimme Foylesin kirjakaupasta pari suomen kielen kielioppia aloittelijoille ja päätimme opiskella ahkerasti ainakin muutamia perusverbejä ja -ilmaisuja. Olimmehan sentään matkustelleet melko paljon ja oleskelleet ulkomailla pitkiä aikoja, emmekä kertaakaan olleet joutuneet pulaan kielen takia.

Päivisin ajatuksemme askaroivat muissa asioissa ja luimme kielioppia iltaisin vuoteessa. Huono idea. Meille oli vaikeaa jo päästä yli a-kirjaimen oikein ääntämisestä, ja pian olimmekin jo unessa emmekä edes yrittäneet uneksia suomeksi. Aivomme alkoivat luultavasti jo olla liian ikääntyneet omaksumaan uusia sanoja, tai sitten vastaus oli paljon yksinkertaisempi: suomenkieli on hyvin vaikeaa. Näennäisesti se on yksinkertaista, mutta siltikään siinä ei tunnu olevan mitään yhtäläisyyksiä muiden länsimaisten kielten kanssa.

Vuosia sitten tein säännöllisesti liikematkoja Unkariin, ja muistan jonkun maininneen, että suomen- ja unkarinkielet ovat sukua toisilleen. Näin saattoi olla silloin kun ihmiset kommunikoivat merkkikielellä, mutta kyllä ne kuulostavat aivan erilaisilta.

Parhaiten kuvailisin suomenkieltä sanomalla, että se on Euroopan kiinaa – tai thainkieltä. Se on itäistä perua. Uralilta tuli aikanaan Suomen suuntaan ihmisiä, ja suomalaiset ajattelevat mielellään, että jossain Unkarin kohdalla tuli vastaan tienviitta "Suomeen", ja ne jotka osasivat lukea, lähtivät pohjoiseen ja tulivat tänne. Unkarilaiset ovat aina pitäneet tätä hyvänä vitsinä.

Nykysuomi sellaisenaan on perua vasta 1800-luvun puolivälistä, jolloin kuuluisa herrasmies nimeltä J.V. Snellman, filosofi ja yhteiskunnallinen kirjailija, perusti ruotsinkielisen Saima-sanomalehden ja antoi käytännöllisempiä neuvoja suomenkielisessä Maamiehen Ystävä-lehdessä. Snellman oli kansallisen sivistyselämän eloon herättäjä ja vaikutti ratkaisevasti suomenkielen oikeuksia koskevan asiakirjan saamiseen. Ilman häntä Suomi olisi ollut maa muttei kansa. Hän uskoi vakaasti, että kansalla on oltava yhtenäinen kieli.

Suurin osa asutuksesta oli eristyksissä, hajallaan laajojen metsien keskellä, järvien rannoilla. Ihmisillä ei ollut yhteyttä harvoihin älymystöön kuuluviin – enimmäkseen papistoon – jotka yrittivät hallita Suomea Turusta tai Porvoosta ja myöhemmin Helsingistä, ja joiden virallinen kieli oli latina, ruotsi tai saksa. Kansalla ei ollut keinoja tai edes haluja samaistua kaupunkieliittiin, joka ei ymmärtänyt heidän murteitaan tai elämäntapojaan.

Toinen älykkö, Elias Lönnroth, kirjoitti Kalevalan ja Kantelettaren samoihin aikoihin kuin Snellman taisteli suomenkielen puolesta. Molempia teoksia pidetään Suomen kansalliseepoksina. Lönnroth keräsi runsain mitoin kansanrunoutta ja runolauluja Savosta, Hämeestä ja Karjalasta, joka on aina ollut lähellä suomalaisten sydämiä, aina Valamoon asti. Karjala ja Suomen toiseksi suurin kaupunki Viipuri luovutettiin Neuvostoliitolle talvisodan jälkeen, ja tämä on suomalaisille vielä nykyäänkin arka aihe. Epäilemättä Kalevala ja Kanteletar edustavat suomalaista kirjallisuutta sen alkumetreillä, ja niiden avulla Lönnroth loi edellytykset kipeästi kaivatun kansallistunteen kehittymiselle.

Nykysuomi on vielä nuorta, alle 200 vuotta, ja se kehittyy yhä lukemattomista murteista, joita maassa puhutaan. Kovan taistelun ja lukuisten iltapuhdelukemisten ansiosta jopa me olemme onnistuneet omaksumaan muutamia sananparsia joita käytämme hyvin ylpeinä, mutta joista meille sanotaan, ettei niitä itse asiassa käytetä arkikielessä. Sitten meille annetaan lukuisia muita vaihtoehtoja, jotka kuulostavat täysin erilaisilta kuin ne jotka juuri olemme oppineet. Tämä sekä huvittaa että ärsyttää meitä. Myös meidän kylässämme käytetään omaa, outoa murrettaan, ja olemme usein huomanneet, että jotkut vanhat kyläläiset eivät nykyäänkään täysin ymmärrä kirjakieltä, esimerkiksi käyttöohjeita.

Suomi oli Ruotsin vallan alla noin 600 vuotta; se oli Ruotsin kuningaskunnan provinssi, ja eliitti riisti häikäilemättä sen luonnonvaroja metsästysretkillään. Kulttuurikeskusten kuten Turun virallinen kieli oli ruotsi, mutta kansa kokonaisuutena ei sitä koskaan oppinut tai hyväksynyt. Se oli miehittäjien kieli, ihmisten, jotka eivät ymmärtäneet hajallaan olevien yhdyskuntien elämää tai tapoja.

Kun Ruotsi luovutti Suomen tsaari Aleksanteri I:lle vuonna 1809 Suomen sodan jälkeen Suomesta tuli Venäjän suuriruhtinaskunta. Uusi vallanpitäjä yritti saada venäjän viralliseksi kieleksi unohtaen jälleen, että metsien kansa ei siitä piitannut eikä halunnut sitä puhua. Venäläinen eliitti puhui joka tapauksessa ranskaa, eikä tsaari ollut kiinnostunut hallintouudistuksista eikä opettamaan suomalaisia venäläisille tavoille. Häntä kiinnosti vain metsästys sekä se tosiasia, että hän voi käyttää muutamia Suomenlahden satamia purjehtiessaan Pietarista Eurooppaan.

Kouluissa ruotsia luetaan toisena kielenä, vaikka oppimistulokset jäävät heikoiksi. Sitä osaavia on yhä vähemmän, ja monet vastustavat "pakkoruotsia". Myös venäjän kieli on nykyään yksi vähemmistökielistä Suomessa ja se oli tietyissä oppikouluissa 50-luvulla pakollinen oppiaine. Nykyään sitä osaavat vain harvat suomalaisnuoret. Kansalliskielenä suomi on vielä nuorta. On yllättävää, että huolimatta Snellmanin ja Lönnrothin ponnisteluista sata vuotta aiemmin, jopa niin myöhään kuin 1940-luvulla marsalkka Mannerheim – sotasankari ja Suomen kuudes presidentti – puhui joukoilleen ruotsia tai ranskaa talvisodan aikana, koska hänen suomenkielen taitonsa oli niin heikko.

Loppupäätelmänä voidaan sanoa, että ensikosketuksemme puhuttuun kieleen oli lievästi sanottuna masentava. Suomen kieli koostuu mahdottoman pitkistä sanoista, joissa on lukuisia konsonantteja ja kaksoiskonsonantteja, jotka vuosien kuluessa ovat tulleet hieman tutummiksi, vaikkakin sanavarastomme on yhä suppea ja kielioppimme surkeaa. Mutta suomen kieli kiehtoo meitä, ja hypimme riemusta aina kun onnistumme tuottamaan lauseen tai ymmärtämään, mitä meille sanotaan. On palkitsevaa nähdä ihmisten iloiset ilmeet kun puhumme suomea. "Hämmästyttävää", sanoi eräs ystävä kun hän ja hänen miehensä kertoivat meille englanniksi joidenkin rakennusmateriaalien hintoja ja me toistimme ne suomeksi ääntäen mitä ilmeisimmin suhteellisen oikein.

Monien vuosien jälkeen olemme vihdoin oppineet ymmärtämään jotain sanojen rakenteesta ja saamaan niihin merkitystä yhdistämällä termejä toisiinsa ja lisäämällä omistusmuotoja. Siltikin moni sana jää luovuuden varaan, ja usein sanan juuri muuttuu ilman näkyvää syytä. Poikkeukset sääntöihin ovat enemmänkin vakio kuin poikkeus, meidän tapauksessamme vanhan oppilasparan lannistamiseksi.

Meidän onneksemme englannista on tullut Suomen toinen kieli, ja lähes poikkeuksetta reilu 70 % niistä ihmisistä, jotka olemme tavanneet puhuvat sitä. Tämä on helpottanut elämäämme joka suhteessa. Suomalaisten englanninkielen taidot ovat hämmästyttävät, kuten myös brittihuumorin ymmärtäminen ja arvostus. Englantilaisten TV-ohjelmien jatkuva seuraaminen tuottaa uskomattomia tuloksia sanavaraston ja merkitysten ymmärtämisen kasvussa, ja kieli on sujuvaa.

Muistan erään illan kun Paula ja Tuomo kutsuivat meidät pullakahville uuteen kotiinsa. Keskustelu sujui luontevasti englanniksi eri aiheista, joskaan ei politiikasta, sillä suomalaiset eivät paljon tunnu siitä piittaavan. Syistä, jotka olen jo unohtanut, Celia mainitsi englanninkielisen termin "hanky panky", jossa on pikkutuhma vivahde, ja tämä kevyt termi piti tietenkin selittää. Aina kun sanoja joutuu selittämään millä kielellä tahansa, niistä katoaa vaikutus ja draama tai hauskuus, ja aihe unohdettiinkin pian. Lähtiessämme kiitimme isäntäparia miellyttävästä illasta ja sanoimme leikillisesti, ettemme halunneet viipyä liian pitkään. Tuomo vastasi tyypillisesti vakavalla naamalla "well, I feel some hanky panky coming up anyway" (tunnenkin jotain pikkutuhmaa olevan tulossa, että lähtekää vaan).

Toisaalta joskus, kun yrittää olla muodollinen ja puhua täydellistä suomea, asiat menevät solmuun kuten silloin, kun luimme ostamamme sähköisen laitteen käyttöohjetta. Teksti oli useilla kielellä, myös englanniksi. Käyttöohjeen lopussa oli varoitus:

varokaa lapsia. Siunattu olkoon kääntäjä tästä käännöskukkasesta, ja antakoot lapset anteeksi!

Jokin aika sitten autossani ilmeni pieni ongelma (sitä aina toivoo, että autoon liittyvät ongelmat olisivat pieniä, ja että ne katoaisivat itsestään, kunhan vain ajelee eteenpäin), ja varasin ajan Sepolta. Seppo on toinen kylän automekaanikoista, Heikki toinen. Heidän korjaamonsa ovat toisiaan vastapäätä pohjoiseen menevän tien molemmin puolin. He näyttävät jakavan ammattitaitonsa ja työkalunsa, ja yhdessä he kattavat kaikki paikallisten autoilijoiden tarpeet. Seppo on toimeen tarttuva mekaanikko, jolla on maalaus- ja rungonkorjaustyökalut, hieman ahdas korjaamo, luovuutta ja edistyksellistä ongelmanratkaisukykyä. Heikillä on moitteettoman siisti korjaamo, siellä on renkaanvaihtovälineet, pieni varaosaliike ja hän käyttää aina käsineitä. Molemmat ovat erittäin ystävällisiä ja avuliaita, eivätkä näytä kilpailevan toistensa kanssa vaan enemmänkin täydentävät toisiaan. Ajoin Sepon luo, ja hän sanoi tarvitsevansa noin puoli tuntia ongelman paikantamiseen. Sain ajan seuraavaksi aamuksi kello 9.00.

Kun tiesin, miten tärkeää Suomessa on täsmällisyys, olin korjaamolla ajallaan. Ovi oli vielä lukossa eikä Sepon pakettiautoa näkynyt. Odotin hänen ilmestyvän hetkellä millä hyvänsä. Viiden minuutin kuluttua päätin, että tämä myöhästyminen oli suomalaiselle liian epätavallista ja soitin Sepon matkapuhelimeen. Hän vastasi ja pahoitteli kovin myöhästymistään ja sanoi saapuvansa aivan kohta. "Syön vain poikani" hän sanoi englanniksi. Tiesin, että hänestä oli hiljattain tullut pienen pojan isä, ja hymyilin hiljaa kuvitellessani Sepon, omistautuneen isän, syövän poikaparkaa jäsen kerrallaan. Seppo oli tietenkin **syöttämässä** poikaansa. Ihana, huvittava, aito ja suloinen mielikuva, hieman hassusti sanottuna. Kunpa mekin pystyisimme tekemään samankaltaisia hauskoja käännösvirheitä suomeksi, mutta kielitaitomme ei riitä olemaan edes lievästi huvittava.

Arvostamme kovasti sitä, että pystymme asioimaan englanniksi Suomessa. Tämä on maa, jossa pankin tiliotteet saa englanniksi jos haluaa, puhelinlaskut eritellään englanniksi jos vastaanottajan nimi on englanninkielinen, virastoista saa englanninkielistä puhelinpalvelua. Jopa torilla voimme ostaa uusia perunoita ja kukkakaalia ja saada palvelua englanniksi, kun yrityksemme puhua suomea on päätynyt koomiseen katastrofiin. Tämä liittyy myös siihen, että suomalaiset haluavat olla osa läntistä maailmaa kamppailtuaan vuosia idän ja lännen välillä ilman omaa identiteettiä. Tasapainoilu, jota kovan linjan presidentti Urho Kekkonen harrasti kumartaessaan itään pyllistämättä länteen, on ohi. Suomi on liittynyt Eurooppaan, ja kuten kaiken muunkin, se on tehnyt niin tosissaan ja vakaasti. Pelkästään suomen puhuminen rajoittaisi kovasti maan kansainvälisen kuvan kehittymistä. Käytännöllisesti ja realistisesti Suomi tarjoaa uusille sukupolville mahdollisuuden olla osa maailmaa mutta samalla pitää jalat tukevasti metsien ja perinteiden maassa. Tämä on kompromissi, johon jopa Lönnroth ja Snellman olisivat tyytyväisiä.

# OSTOKSILLA

Päätimme käydä sähköliikkeessä ennen kuin menisimme kauppaan. Heillä näytti olevan kaikkea mahdollista televisioista hehkulamppuihin, tiskikoneista tuulettimiin ja ilmastointilaitteisiin. Heiltä sai ostaa myös veneitä, upeita vihreitä lasikuituveneitä perämoottorilla tai ilman, sekä polkupyöriä.

Olimme tulleet siihen tulokseen, että tarvitsimme vedenkeittimen aamuteetä ja kahvihetkiä varten. Kahvi on Suomessa suodatinkahvia, joka tarjoillaan pienistä kupeista pieni lautasliina aseteltuna kupin korvan lävitse, lautasella lusikka maidon ja sokerin sekoittamista varten sekä leivonnaisten syöntiä varten; kahvin kanssa on aina tarjoilua. Suomalainen ei juo kahvia ilman syömistä oli kellonaika mikä tahansa. Kahvin kanssa tarjoillaan aina keksiä, pullaa tai leivoksia varsinkin iltapäivällä, jos ystäviä on tulossa kylään. Eikä kahvia koskaan juoda seisaaltaan vaan aina istuen hetken tuolilla tai jopa porrasjakkaralla.

Kuten aiemmin mainitsin, olin lukenut Suomi-oppaastani ennen ensimmäistä Helsingin-matkaamme, että kahvi on maan kansallisjuoma. Kun puhutaan alkoholista, Koskenkorva, Finlandia-Vodka ja olut ovat reippaasti kahvin edellä. Olimme asuneet Italiassa monta vuotta, ja siellä kahvi keitetään perinteisellä aromipannulla, mutta vasta, kun pannua on käytetty useamman kerran ja joka kerta purut heitetty uskollisesti pois niin että pannun teräksenmaku on hävinnyt. Sehän pilaisi kahvin aromin. Me olemme tottuneet juomaan käytännöllisesti valmistettavaa pikakahvia, nopeasti valmista ja vähemmän tiskiä, ja ihan rehellisesti sanottuna, maku on oikein hyvä ainakin meidän makunystyröillemme, jotka eivät ole niin kehittyneet kuin italialaisilla.

Jotkut suomalaiset ystävämme ovat myös nykyään ihastuneet pikakahviin. Jotkut ovat jopa menneet niin pitkälle, että sanovat pikakahvin olevan oikein hyvää, mutta välttelevät sanomasta näin vanhempien ihmisten edessä, jotka eivät suostu minkäänlaiseen kompromissiin kun puhutaan oikeasta kahvista. Vanhat tavat muuttuvat vähitellen jopa maassa, joka niin voimakkaasti pitää perinteistä kiinni. Nescafe-purkkeja saa nykyään jokaisesta valintamyymälästä.

Tarvitsimme siis vedenkeittimen. Liikkeessä asioi vanhempi rouva, joka puhui miellyttävän nuoren naisen kanssa. Nuori nainen osoittautui liikkeen omistajaksi, ja hänestä ja hänen miehestään tuli myöhemmin hyviä ystäviämme. Vanhempi rouva halusi ostaa hehkulampun, sen verran pystyimme päättelemään olemattomilla suomenkielen taidoillamme. Hän piti lamppua ylhäällä vasten kaupan ikkunaa katsellen sitä auringonvalossa, ilmeisesti kysellen lampun muodosta, lasin paksuudesta, tehosta. Lamppu laskettiin muutaman kerran tiskille ja muita lamppuja tarkasteltiin ja niistä keskusteltiin yhtä seikkaperäisesti. Irja – kaupan omistaja – keskittyi palvelemaan rouvaa asiantuntevasti ja osoittamatta vähääkään kärsimättömyyttä, vaikka liikkeeseen tuli muitakin mahdollisia ostajia. Noin vartin kuluttua rouva osti lamppunsa ja poistui tyytyväisenä, luottaen tehneensä oikean ostopäätöksen, ja Irja keskittyi meihin. Tämä oli ensikohtaamisemme suomalaisten kauppatapojen kanssa.

Vanhempi rouva asui luultavasti yksin pienessä mökissä, marjaisassa metsässä jänisten, hirvien ja jopa karhujen keskellä. Hänellä ei ehkä viikkoihin ollut mahdollisuutta tavata naapureita, etenkään pimeinä talvipäivinä, ja Irjan ystävälliset kasvot innostivat hänet rupatteluun ja saivat hänet tuntemaan, ettei hän ollut yksin. Hehkulamppu oli saattanut olla pelkkä tekosyy, tai ehkä hän oli esimerkki tyypillisestä suomalaisesta, joka haluaa itse tehdä ostopäätöksensä. Se on aina vaikeaa.

Maassa, jossa mökit ja talot ovat hajallaan laajalla metsäisellä alueella eikä sosiaalinen kanssakäyminen ole jokapäiväistä ostokulttuuriin heijastuu sisäinen epävarmuus ja yleinen päättämättömyys. Ihmisiä on niin vähän ja he ovat niin kaukana toisistaan, että he väistämättä tuntevat olonsa epävarmaksi, ellei joku vahvista heidän uskoaan. Minkä tahansa tuotteen ostaminen on vaikea pulma, elleivät ystävät, sukulaiset, naapurit tai vaikkapa myyjä vakuuta, että tuote on oikeanlainen oikeaan tarkoitukseen. Tämä on perinnettä nuoressa maassa, joka vielä etsii juuriaan oltuaan vuosisatoja suurvaltojen leikkikenttänä, vuosikymmeniä idän ja lännen välissä. Mitään päätöstä ei pidä tehdä kiireessä – eikä yksin.

Olipa niin tai näin, vanhempi rouva poistui myymälästä tyytyväisenä. Siitä päivästä opimme, että Suomessa ei ostoksia tehdä kärsimättömästi tai hätiköiden. Kun vuoromme tulee, voimme olla varmoja siitä, että myyjän huomio keskittyy vain meihin niin kauan kuin on tarvis, juuri niin kuin asiakkaaseen ennen meitä tai meidän jälkeemme. Kaikki odottavat mukisematta, huokailematta tai valittamatta.

Vuosia tuon ensimmäisen kesän jälkeen meidän piti ostaa kottikärryt. Juhani oli jättänyt meille keltapunaiset kottikärryt, jotka nyt olivat vanhat ja pahasti ruosteessa. Menimme suureen rautakauppaan lähikaupungissa, ja vain muutamien minuuttien jälkeen poistuimme liikkeestä mukanamme upouudet sinkkiset kottikärryt, joissa oli vihreä alumiinireuna ja punaiset kahvat sekä tietenkin rengas.

Muutamia päiviä myöhemmin menimme illalliselle Pirkon ja Einon luo, jotka ovat oikein hyviä ystäviämme, ja jotka tietenkin asuvat ihastuttavassa punaisessa puutalossa metsän keskellä. Satuin melko ylpeänä mainitsemaan, että olimme onnistuneet ostamaan kottikärryt rajallisella suomenkielellämme. En koskaan unohda pettymystä ja yllätystä ystäviemme kasvoilla, kun olimme tehneet ostopäätöksen kysymättä ensin heiltä tai joltain muulta. He selittivät, ettei suomalainen tee koskaan ostoksia ennen kuin on kysynyt ainakin kolmelta eri ihmiseltä neuvoa tuotteen laadun, tehokkuuden, kestävyyden tai muotoilun suhteen. Ja kun oma reaktioni oli: "no, kottikärryt kuin kottikärryt. Jos ne toimivat niin ..." ystävämme olivat aidosti hämillään. Heidän mielestään ostotapamme oli hieman omituinen. Olemme päässeet takaisin kommunikointiin. Hämmästystä ei herättänyt niinkään se, että olimme ostaneet kärryt nopeasti, vaan se, ettemme olleet puhuneet asiasta kenenkään kanssa!

Voisin mainita lukemattomia esimerkkejä tällaisesta ostokulttuurista, joka näyttää olevan tyypillistä kaikille ja koskee kaikkia mahdollisia tavaroita, olivatpa ne monimutkaisia mekaanisia laitteita tai yksinkertaisia päivittäistuotteita. Eräs mieleeni juolahtava tapahtuma sattui hiljattain samassa rautakaupassa, josta olin tohtinut ostaa kottikärryt (olen varma, että myyjä yrittää piiloutua heti kun kävelen ovesta sisään). Tarvitsin nauloja, ja odotin vuoroani. Edelläni oleva asiakas tarvitsi ilmeisesti kelautuvan mittanauhan, sellaisen, jossa on sentin mittavälit ja eräänlainen koukku toisessa päässä, jotta sen voi kiinnittää reunaan tai halkeamaan ja vetää haluttuun mittaan, ja juuri viime hetkellä kun on valmis merkkaamaan oikean paikan lyijykynällä mitta pomppaa takaisin, ja kaikki on aloitettava alusta.

Edelläni oleva asiakas seisoi mittanauhojen edessä, vaihtoehtoja oli noin puoli tusinaa. Hän tutki tarkasti jokaisen. Hän veti mittaa ulos ehkä noin 30 senttiä ja päästi irti. Hän arvioi jokaisen mitan painon, luultavasti myös värin, veteli sitä edestakaisin, tutki molemmilta puolilta (merkinnät ovat aina vain toisella puolella) ja joka kerta hän kysyi myyjän mielipidettä, ikään kuin jokaisessa mitassa olisi ollut eripituiset sentit.

Lopulta myyjä tuli minun luokseni kun edellinen asiakas tutki vieläkin mittoja, ja minä ostin naulani. En tiedä mitä mitta-asiakkaalle tapahtui, vai päättikö hän, että mitä mitattavaa hänellä sitten olisikin, se olisi helpompi tehdä käyttäen käsiä ja peukaloita. Ehkä hän näki painajaisia siitä, että jopa täällä Suomessa on mittoja, joista näkee sekä sentit että tuumat. Tästä on täytynyt aiheutua vaikea pulma ja mahdollisesti hermoromahdus. En nähnyt häntä enää koskaan.

Systeemi on meille nykyään liiankin tuttu. Kun menemme kauppaan ja meitä ennen on asiakas, tiedämme, että aikaa kuluu. Olipa kyseessä mitä tahansa, suomalaisen ostopäätös on aina hidas, ja myyjän kanssa neuvottelu on eräänlaista pantomiimia. Kaikki tehdään kuitenkin ystävällisessä hengessä, ja myyjä haluaa aidosti auttaa asiakasta tekemään päätöksen.

Kävin hiljattain rautakaupassa (en asu rautakaupassa, uskokaa tai älkää), joka on iso ja hyvin varustettu, josta saa lähes mitä tahansa auringon alla, kompostista lannoitteisiin ruokaa lukuun ottamatta. Halusimme ostaa lannoitetta nuorille puuntaimille, jotta ne selviäisivät talvesta. Englantilaisten puutarhamyymälöiden valikoimaa muistellen kysyin myyjältä sopivaa lannoitetta havupuille. Yksinkertaista – niin luulin.

Hymistyään ja rapsuteltuaan päätään hetken hän huomasi jonkun toisen, parempaa englantia puhuvan henkilön tulleen liikkeeseen ja meni pyytämään tältä apua. Itse asiassa tunsin tämän henkilön itsekin oikein hyvin, sillä hän oli paikallinen tietokone-ekspertti, joka oli pelastanut minut monta kertaa kun tietokoneeni oli lakkoillut. Myyjän ja tietokone-ekspertin välille kehittyi vilkas keskustelu seisoessamme sellaisten lannoitesäkkien vieressä, joiden arvelin sopivan puilleni. Suomenkielisen keskustelun lomassa minulta kysyttiin, millaisia puita minulla oli, kuinka korkeita, missä kohtaa puutarhaa ne olivat, minkä värisiä ja niin edelleen, ja keskustelu jatkui noin kymmenen minuuttia, kunnes paikallinen työmies saapui liikkeeseen ja osallistui lannoitekeskusteluun. Kului toiset kymmenen minuuttia, kaikki kolme tutkivat lannoitesäkkien tuoteselosteita arvioiden kuinka sekoittaa niin ja niin paljon vettä lannoitteeseen, miten lämmintä maaperän tuli olla ja luultavasti missä kulmassa kuun tuli olla aurinkoon nähden käyttöajankohtana. Minä olin sivustakatsoja. Viimein tuli tuomio: "Uskomme, että tämä käy", ja niin ostin muutaman säkillisen. Olin ollut ostoksilla suomalaisessa kaupassa, ja kaikki olivat tehneet parhaansa auttaakseen minua, kaikki kolme. Tämä tekee suomalaisista niin mukavia ja miellyttäviä, ehkä myös hitaita päättämään. Suomalaiset ovat todella hienoja ihmisiä.

Toinen huvittava esimerkki tapahtui aivan äskettäin. Menin vaatekauppaan lähikaupungissa tarkoituksenani ostaa villatakki. Pidän villatakeista. Minusta ne ovat mukavia ja helppoja käyttää sekä kotona että kylässä. Jos on kylmä, ne voi napittaa, ja jos on lämmin, niitä voi pitää rennosti ja huolettomasti auki.
Löysin jotakin mistä pidin, mutta valitettavasti vääränvärisen ja -kokoisen. Myyjä lupautui ystävällisesti tilaamaan oikean tuotteen

ja soitti heti puhelun johonkin. Lopulta hän sanoi, että tuote lähetettäisiin seuraavana päivänä ja että se olisi liikkeessä parin päivän sisällä. Koska suomalaiset ovat tarkkoja ajoituksesta, menin liikkeeseen kolme päivää myöhemmin. Rouva kertoi hyvin surullisena ja pettyneenä, että villatakin olisi pitänyt tulla edellisenä päivänä, mutta näin ei ollut käynyt. Hän soitti taas puhelun ja selvästi sanoi painavan sanan, vaikka ilmekään hänen kasvoillaan ei muuttunut ja lopuksi pyysi minua palaan tunnin kuluttua, jolloin villatakki olisi tullut.

Palasin tunnin kuluttua – ei villatakkia. Kerroin, etten voisi tulla liikkeeseen ennen kuin seuraavalla Suomen-vierailullani ja että lähtisimme kolmen päivän kuluttua. Sovimme, että heti kun villatakki saapuisi, rouva postittaisi sen minulle; ei tarvinnut maksaa etukäteen, hän liittäisi mukaan pankkisiirron. Sama rouva soitti seuraavana päivänä, ja kertoi, että villatakki oli lopultakin saapunut. Jotta saisin sen mahdollisimman nopeasti, hän antaisi sen bussikuskille, joka säännöllisesti liikennöi kaupungin ja kylämme väliä, ja voisin noutaa paketin linja-autoasemalta.  Minulle soitettaisiin kun paketti olisi saapunut. Tuskin kymmentä minuuttia myöhemmin rouva soitti minulle jälleen kertoakseen, että liikkeessä oli nyt asiakas, joka kohta ajaisi takaisin kyläämme. Rouva aikoi antaa paketin tälle asiakkaalle ja tämä tuntematon henkilö jättäisi paketin huoltoasemalle ennen kylää.  Näin saisin villatakkini tunnin sisällä. Olin äimistynyt!

Kun menin huoltoasemalle harjoitellen mielessäni sopivaa suomenkielistä lausetta asiani toimittamiseen, tiskin takana oleva nainen katsahti minuun ja antoi välittömästi villatakkipakettini, joka oli hyllyllä minua odottamassa.  Minun ei tarvinnut sanoa sanaakaan eikä maksaa mitään. Tässä piilee suomalaisen palvelun ja tehokkuuden hienous.

Kylän marketit näyttivät samalta kuin kaikki maailman supermarketit sillä erotuksella, että asiakkaita oli vähän, he olivat hyvin hiljaisia, eikä kaiuttimista koskaan kuulunut minkäänlaisia kuulutuksia kuten: "Neiti Fletcher, asiakaspalveluun kiitos!" Käytyämme tavanomaisilla ruokaostoksilla kylän toisessa kaupassa kävelimme ulos ostoskärryjemme kanssa samaan aikaan vanhemman pariskunnan kanssa. Mies kulki edellä ilman kantamuksia, kädet huolettomasti taskuissa kohti autoaan. Rouva – oletettavasti vaimo – seurasi perässä kantaen kahta täyttä kassia toisessa kädessään ja olutpatteria toisessa, kuin tottelevainen työhevonen. Yhdessä vaiheessa naisparka melkein pudotti oluet juuri tietä ylittäessään, ja laupiaan samarialaisen tavoin ryntäsin auttamaan häntä. Hän ei kiittänyt minua mitenkään, mutta näytti yllättyneeltä ja kiitolliselta. Mies ei edes huomannut koko tapahtumaa, eikä kiinnittänyt mitään huomiota vaimoon kun tämä avasi tavaratilan luukun ja lastasi ostokset autoon. Hän vain istui autossa odottamassa, että vaimo kiipeäisi kyytiin. Olihan hän sentään tehnyt hyvän työn ja vienyt vaimon ostoksille!

Ostosten tekeminen Suomessa muistuttaa vain etäisesti sitä mihin olemme tottuneet, ja kun kaupoilla on käyty, asenne sen jälkeenkin on hyvin erilainen. Eräs huvittava piirre on kiinnostus siihen, mitä kaikki maksoi. Englannissa tämä olisi sivistymättömyyden huippu, yksityiselämän loukkaus. Englantilainen on yhtäkkiä halukas paljastamaan hintoja vain kun puhutaan kiinteistökaupoista. Näyttää siltä, että tämä antaa varakkuuden tunteen, jota ollaan valmiita näyttämään tuntemattomillekin. He sanovat: "kiinnelainamme oli niin ja niin paljon noin 25 vuotta sitten, kuvittele mitä se olisi nyt asuntojen arvon noustua", ja sitten he ovat hetken hiljaa odottaen, että suusi aukeaa hämmästyksestä ja ihailusta. Ja kun olet langennut tähän sudenkuoppaan ja ilmaissut jonkinlaista ihailua tai yllätystä siitä, miten varakkaita ystäväsi ovat, he sanovat tekovaatimattomasti englantilaiseen tapaan: "Mutta eihän se kovin vaikeaa ollut" sirotellen suolaa haavoihin.

Jos kyseessä oleva tuote onkin vain yksinkertainen, pieni asia, joka ostetaan jostain rautakaupasta jossakin ostoskeskuksessa, englantilaiselle ei tulisi mieleenkään olla utelias ja kysyä tuotteen hintaa, eikä toinen englantilainen sitä myöskään uskaltaisi paljastaa.

Näin ollen olimme tyrmistyneitä kun kerroimme ystävillemme jostakin ostoksesta – olen jo unohtanut mitä se oli – joka olisi ihanteellinen keittiöömme, ja he kysyivät: "Oliko se kallis? Paljonko se maksoi?" Saimme vaivoin peitettyä englantilaisen kauhumme ja vastasimme kylmän hymyn kera: "Eipä paljon mitään". Mielestämme ystävämme olivat käyttäytyneet todella huonosti ja tarvitsivat käytöskoulutusta. Kun tämä kysymys kuitenkin toistui toistumistaan eri ihmisten ja eri tuotteiden kohdalla, meistä alkoi tuntua, että meiltä jäi huomaamatta jotain. Emme ymmärtäneet, että Suomessa asiat merkitsivät sitä mitä ne olivat, ilman puolinaisuuksia tai monimerkityksiä. Ihmiset ovat yksinkertaisesti ja suoraan uteliaita ja haluavat keskustella siitä, mitä ostit, ilman kateutta tai halua matkia. Kaikella on hintansa, mitä sitä salailemaan? Nykyään olemme jo tottuneet tähän ja kysymme itsekin tuotteiden hintaa. Näin tehdessämme tunnemme itsemme hieman enemmän suomalaisiksi kieltä lukuun ottamatta.

# ITÄINEN RAJANAAPURI

Suomella on lähes 1500 kilometriä yhteistä rajaa Venäjän kanssa. Maat ovat olleet rajanaapureita aina ja Suomi oli pitkään Venäjän suuriruhtinaskunta. Suomella on ollut vaikea ja epävarma menneisyys, toisaalta sitä ovat kiehtoneet kauppamahdollisuudet lännen kanssa, mutta tasapainoa itäisen naapurin kanssa ei ole saanut järkyttää. Tästä syystä Suomea leimaa nykyäänkin – täysin epäoikeutetusti – epävarmuus. Sanon epäoikeutetusti, sillä Suomi on teknologiassa hyvin pitkällä ja nauttii maailmanlaajuista kunnioitusta.

Suomen ja Venäjän välillä on vieläkin pieni juopa, sillä talvisodan päätteeksi Karjala jouduttiin luovuttamaan, vaikka suomalaiset taistelivat uskomattoman sinnikkäästi mahtavaa Venäjän sotakoneistoa vastaan pienissä joukoissa käyden sissisotaa lumisissa metsissä ja aiheuttaen viholliselle suuria tappioita. Lopulta Suomen oli antauduttava vihollisen suuren lukumäärän edessä, ja luovutettava Karjala sekä puolet Laatokka-järvestä, johon monet venäläiset tankit upposivat, kun eivät erottaneet lumen peittämää järveä lumisesta maasta. Karjalalla on suomalaisten sydämissä erityinen sija, sieltä tulevat Kalevala ja Kanteletar muinaisine sankaritarinoineen.  Olemme tavanneet monia ihmisiä, jotka joutuivat lähtemään evakkoon Karjalasta, jotkut jopa siirsivät talonsa uusille asuinsijoille usein Päijänteen länsipuolelle kauaksi miehittäjistä. Puutalot ovat yhä paikoillaan erinomaisena esimerkkinä suomalaisten päättäväisyydestä pysyä vapaina.  Karjalaiset näyttävät erilaisilta kuin tyypilliset suomalaiset. He ovat lyhyitä ja vankkarakenteisia, vuosisatojen karaisemia, geeneiltään lähempänä itää kuin länttä. He ovat vahvoja, päättäväisiä ja ylpeitä, heillä on usein surumielinen katse, ja he ovat vuosikymmeniä toivoneet Karjalan palautusta Suomen lipun alle.

Venäjä ja venäläiset ovat aina olleet perinteinen vihollinen ja ovat sitä nykyäänkin ainakin vanhempien ihmisten mielissä, erityisesti maaseudulla. Kaikki paha tulee idästä, olipa se sitten karhuja, susia, prostituoituja, laittomia työntekijöitä, rikkaita naisia kalliissa nelivetomaastureissaan tai huono sää. Kaikkien näiden uskotaan tulevan rajan yli Lappeenrannassa tai Imatralla ja vievän osan tästä vihreästä, tyhjästä maasta. Emme saa unohtaa, että kun Tshernobylin ydinvoimalaonnettomuus tapahtui noin 25 vuotta sitten, ilmavirtaukset kuljettivat suuren osan savuavien raunioiden saastunutta, radioaktiivista tuhkaa ja huuruja juuri Suomen ilmatilaan (ja sattumalta juuri Keski-Suomeen). Ei ole ihme, että suuri itäinen naapuri ei ole kovin suosittu suomalaisten keskuudessa.

Olemme itsekin olleet todistamassa muutamia epäkohteliaisuuden osoituksia venäläisiä turisteja kohtaan (heitä on paljon, etenkin talvella). Meitä on muutamissa liikkeissä luultu venäläisiksi emmekä ole saaneet tavanomaista, kohteliasta suomalaista palvelua. Poissa olivat hymy ja auttavainen asenne, ja tilalle tuli viileä, epäystävällinen piittaamattomuus. Tätä jatkui siihen asti, kunnes onnistuimme selvittämään, että olimme itse asiassa englantilaisia. Hymy ja ystävällisyys palasivat heti. Eikä ole epäilystäkään siitä, että kun suomalaiselta saa kylmää kohtelua, lämpötila on tosiaan pakkasen puolella!

Presidentti Kekkonen oli ensimmäinen, joka sai aikaan tasapainon idän ja lännen välille. Hän sanoi usein, että "kumartamalla länteen pyllistämme itään". Itäinen rajalinja on noin 1500 kilometrin mittainen, ja suomalaisten mielestä tämä on aina ollut herkkää aluetta. Jos Kekkosen sanat unohdettaisiin, idästä tuleva paine voisi tulla kestämättömäksi.

Suomella on ollut usein vaikeaa, erityisesti Venäjältä tulevan energian kanssa, vaikka maiden välillä on pitkäaikaiset taloudelliset sopimukset. Kun kävimme Imatralla ensimmäisen kerran, meille kerrottiin, että epätavallisen sopimuksen mukaan Vuoksi-joen pato avataan säännöllisesti, jotta rajantakaiset voimalaitokset saavat vettä tuottaakseen energiaa, joka puolestaan myydään takaisin Suomeen.

Venäläinen uusrikkaus on todellisuutta, olkoon sen takana mitä tahansa, ja sitä esitellään ylimielisesti ja huonolla maulla suhtautuen Suomeen lähes siirtomaatyylisesti. Etelä-Suomen ja Helsingin parhaisiin liikkeisiin vyöryy säännöllisesti pöyhkeitä, elegantteja venäläisrouvia perässään vankkarakenteiset aviomiehet, uusimmat matkapuhelimet näkyvästi esillä, myyjistä piittaamatta käyttäytyen kuin omistaisivat koko maan. Kun mainitsimme Helsingissä eräälle myymäläpäällikölle venäläisten suuresta määrästä, hän sanoi: "Niin, ja aivot he ovat jättäneet kotiin." Julma ja kova kommentti, ainakin siinä valossa kun ajattelee, kuinka paljon tervetullutta rahaa venäläiset jättävät Suomeen. Valitettavasti kommentti tuntuu heijastelevan yleisiä tuntemuksia.

Talvisin venäläisten invaasio on hyvin näkyvää, naisilla on turkikset ja designer-saappaat, tiet täyttyvät uusimpien nelivetomaastureiden letkoista ja kaikkialla tupakoidaan. Naiset ovat kopeita ja heidän eleganssinsa dekadenttia. Uusrikkaita. Ehkä he onnistuvat näyttämään tyylikkäiltä muutaman vuosisadan kuluttua.

Muutamia venäläisiä maamerkkejä on säilynyt ja niistä on tullut kuuluisia, kuten Imatran Valtionhotelli, melko alakuloinen ja suuri kivirakennus, jota venäläiset virkamiehet käyttivät säännöllisesti tapaamisiinsa. Imatra sijaitsee vain 6 tai 7 kilometrin päässä lähimmästä venäläiskaupungista, ja hotellin paksut seinät tarjosivat tovereille mukavuutta ja yksityisyyttä. Joimme kahvit Valtionhotellissa, avarassa ja elegantissa huoneessa, ja samaan aikaan viereisessä huoneessa oli häätilaisuus. Kaikki oli miellyttävää ja rentoutunutta, mutta ilmassa tuntui vieläkin leijuvan bolshevikkinen apeus.

Toinen maamerkki on Vanajanlinna Hämeenlinnan liepeillä. Vanajaveden äärellä oleva linna oli aiemmin kommunistinen Sirola-opisto, mutta nykyään se on luksushotelli golfkenttineen. Se on rakennettu tummanpunaisista tiilistä, ja lukuisat sivurakennukset reunustavat kaunista näkymää järvelle. Kävimme siellä muutamien ystävien kanssa ja nautimme drinkit järvelle avautuvalla terassilla, hyvin hoidetussa puutarhassa. Oli kaunista ja rauhallista, ja joku kertoi ylpeänä, että suomalainen Formula-maailmanmestari oli vihitty siellä. No, tuo tieto ei meitä paljon liikuttanut.

Venäjä on väistämättä osa suomalaista elämää, pitivätpä suomalaiset siitä tai eivät, eikä kaikki suinkaan ole pahasta. Suomen kaakkoisosassa, Imatran ja Lappeenrannan liepeillä on maaseudulla pieniä venäläisyhdyskuntia. He asettuivat Suomeen viime vuosisadan alkupuolella Leninin vallankumouksen tieltä. He tulivat vain muutaman nyssykän kanssa ja viettävät nykyäänkin yksinkertaista elämää värikkäissä taloissaan, joissa on monimutkaiset puukaiverrukset ikkunanpuitteissa ja ovien karmeissa. Rajan yli tuli myös muutamia pappeja ja munkkeja, jotka perustivat luostareita pitämään yllä hengellistä yhteyttä, jonka Lenin yritti Venäjällä tukahduttaa. Vierailimme sekä Valamon että Lintulan luostareissa.

Valamon luostari koostuu vanhoista ja uusista rakennuksista, ja siitä on tullut erilainen pyhiinvaelluskohde. Valamo on kehittynyt pienestä yhteisöstä merkittäväksi liikeyritykseksi, sillä on oma satojen paikkojen ravintola, pieni kauppa, jossa myydään paikallisia viinejä, ikoneita ja matkamuistoja, sekä mökkikylä. Käyntimme aikaan sattui varmasti olemaan sen kesän kuumin päivä, sillä paikka oli kuiva, pölyinen ja epämiellyttävä. Puut näyttivät hiljan istutetuilta eivätkä ne tarjonneet vielä minkäänlaista varjoa. Ei tuntunut kovin pyhältä. Kun pysäköimme autoamme, muuan melko mahtipontinen, kiireinen nainen lähestyi meitä antaen tiukat ohjeet kuinka käyttäytyä pyhällä maalla. Tunsimme olevamme pikkulapsia, joita oli toruttu. En pitänyt hänestä.

Käveltyämme polttavan auringon alla rakennusten läpi – vanhojen ja uusien – ja syötyämme lounasta salissa, joka olisi hyvin sopinut Costa del Soliin, keskustelin lyhyesti erään nuoren munkin kanssa. Hän kertoi, että Valamoon tuli yhä vähemmän uusia munkkeja ja luostarin tulevaisuus oli uhattuna. Epäilen, että myös alkuperäinen ortodoksiyhteisö pienenee, kun uudet sukupolvet sulautuvat vallitsevaan luterilaisuuteen ja unohtavat esi-isiensä hengelliset juuret.

Lintulan luostari on hyvin erilainen. Se on luostari, jossa muutamat ortodoksinunnat liikkuvat hiljaa, rukoilevat, tekevät hilloja, leipää ja kynttilöitä. Siellä vallitsee uskonnollinen tunnelma, ja vierailijat kävelevät hitaasti ja hiljaisuuden vallitessa. Jopa kahvila, jossa nuori, hymyilevä nunna tarjoilee limonadia ja kotitekoisia leivonnaisia, on rauhaisa ja levollinen.

Näistä kahdesta luostarista tunsin oloni ilman muuta paremmaksi Lintulassa. Olen varma, että Jumala oli samaa mieltä.

Venäläiset ovat hiljattain alkaneet sijoittaa suuria summia suomalaisiin kiinteistöihin, ja monet ovat ostaneet huvilan Päijänteen rannalta. Suuri ja kaunis järvi sijaitsee melko lyhyen matkan päässä Pietarista, joten sijainti on hyvä. Suomalaiset eivät välttämättä arvosta sitä, että entinen vihollinen ostaa heidän maataan, mutta he ovat tarpeeksi älykkäitä ja käytännöllisiä hyväksyäkseen sen tosiasian, että maa tarvitsee veronmaksajia ja on riippuvainen Venäjän energiasta. Jos Moskovassa käännettäisiin virta pois, Suomi olisi kylmä, synkkä ja köyhä maa. Kyseessä on viha-rakkaussuhde, joka ei luultavasti koskaan muutu.

Imatran liepeillä rajan molemmin puolin olevat vartiotornit ovat nyt tyhjiä. Ne muistuttavat vanhoista ajoista, jolloin sotilaat tarkkailivat toisiaan aseet ojossa. Kylmä sota on ohi, mutta muistot elävät, ja ehkäpä venäläiset elokuvat pitävät niitä elossa. Miten sitä sanotaankaan? "Susi (tässä tapauksessa karhu) voi pudottaa karvansa mutta ei muuttaa tapojaan." Parempi olla aina valppaana. Päivä, jolloin Suomi viimein vapautui Venäjän ikeestä yli 90 vuotta sitten, on yhä kansallinen vapaapäivä, itsenäisyyspäivä 6.12.1917. Satuimme olemaan Suomessa loppusyksyllä 2007 ja rakas ystävämme pyysi meitä osallistumaan Suomen 90-vuotis-juhlaseremoniaan, joka pidettäisiin metsässä lähiseudulla.

Aulikki nouti meidät iltapäivällä ja ajoi hyvin hitaasti 50 kilometriä mutkaan, josta käännyttiin metsätielle. Satoi ja oli pimeää, sellainen kurja ilta kun ensilumi ei vielä ole satanut. Kaikki oli mustaa, ja kapea polku metsän halki näytti vaaralliselta ja liukkaalta, sopivammalta ralliin kuin Aulikin rajallisille ajotaidoille. Vaihteita olisi pitänyt käyttää paljon useammin mutkaisella polulla. Hänellä oli voimakas nelivetoauto, mutta näin useammin kuin kerran sieluni silmillä meidän ajavan ojaan tai rysäyttävän päin puuta.

Kun lopulta saavuimme määränpäähämme, näimme metsäaukiolla puutalon. Jotkin sotilashenkilöt opastivat mutaisille parkkipaikoille; valkoisesta pakettiautosta nousi savua metallipiipun läpi, siellä valmistettiin ruokaa. Koko paikka näytti epätodelliselta. Sisällä ihmiset istuivat pyöreiden puupöytien ympärillä, lähes liimautuneina seiniä vasten, jotta kaikki mahtuisivat. Mieleen tulivat hahmot suoraan Vanhasta Testamentista tai Taru Sormusten Herrasta.

Menimme sisään ja esittelimme itsemme suomalaiseen tapaan ja istuuduimme toiseen huoneeseen, jonne kirkkoherra, joka oli myös ilmavoimien kapteeni, oli tehnyt alttarin, jonka ääressä toimitettaisiin yksinkertainen muistotilaisuus ja Herran ehtoollinen. Kun kirkkoherra kuuli, että tulimme Englannista, hän pahoitteli, ettei ollut saanut tietoa etukäteen voidakseen puhua myös englanniksi. Tunsimme itsemme tervetulleiksi ja osaksi hyvin erityistä ja kiinteää yhteisöä.

Tilaisuus koostui lyhyestä puheesta ja raamatunluvusta, josta ilokseni pystyin ymmärtämään osan. Ydinsanoma oli, kuinka Suomen pieni kansa oli vapautunut Venäjän otteesta, ja kuinka suomalaiset olivat joutuneet tekemään suuria uhrauksia, jotta vapaus voisi jatkua. Ehtoollisen jälkeen tarjoiltiin kulhoittain lihakeittoa ruisleivän ja voin kera. Keitto oli lohduttavaa, maukasta ja lämmittävää.

Lähtiessämme toivoin, että olisin itse saanut ajaa takaisin mutkittelevaa metsätietä. Toivoin myös, että edellä ajavat autot hidastaisivat Aulikkia, jotta pääsisimme turvallisesti päätielle. Sille päästyämme Aulikki hidasti lähes naurettavan hitaaseen – mutta turvalliseen – nopeuteen. Hän ja hänen miehensä Heikki ovat parhaita ystäviämme ja olen varma, ettei hän loukkaannu, vaikka kommentoin hänen ajotaitojaan. Onhan hän vain kerran talvella peruuttaessaan ajanut päin oransseja huomiotolppia kotipihallamme!

Meillä oli ollut kummallinen ja mielenkiintoinen ilta ja olimme saaneet hetken kuulua tähän hartaaseen ja aitoon yhteisöön. Kaikki kiitos venäläisille, jotka antoivat Suomelle vapauden yli 90 vuotta sitten.

# LÄNTINEN RAJANAAPURI

Venäjä idässä ja Ruotsi lännessä. Kaksi hyvin erilaista maata ja kaksi hyvin erilaista vallanpitäjää Suomen historiassa.

Suomi oli Ruotsin vallan alla lähes 600 vuotta. Lyhyt purjehdus yli Pohjanlahden teki ruotsalaisille helpoksi tulla metsästämään ja perustamaan asuinyhteisöjä, joista heti tuli tämän laajan, aution maan omistajia ja valtiaita. Ruotsikin on laaja ja autio maa, ja purjehtijat sekä ristiretkeläiset tulivatkin lahden yli pelkästään uteliaisuudesta eivätkä tarpeesta. Kun he lopulta tulivat maihin, he eivät menneet kovin syvälle sisämaahan, ja heidän oli helppo perustaa asumukset lähinnä länsi- ja lounaisrannikolle. He eivät olleet valloittajia, vaan eräänlaisia tutkimusmatkailijoita Ruotsin lipun alla, jotka vain sattuivat löytämään lisää metsästysmaita. Jotkut päättivät jäädä nauttimaan metsien antimista, runsaista marjoista ja kalasta sekä avarasta maisemasta. Suomesta tuli Ruotsi-Suomen osa, jossa valtaa pitivät ruotsalaiset lainsäätäjät ja hallitsijat.

Ensimmäinen pääkaupunki oli Turku. Se oli melko suuri kaupunki vanhoine tuomiokirkkoineen ja vaikuttavine linnoineen, lähellä rantaa. Siellä oli kaikki mitä kaupungilta voi toivoa, sitä halkoi joki, joka teki kauppiaille mahdolliseksi purjehtia kaupunkiin myymään tuotteitaan kirkon kupeeseen, mukulakivin päällystetylle torille. Samalta torilta julistetaan nykyäänkin joulurauha Brinkkalan talon parvekkeelta tasan kello 12.00. Joulurauha julistetaan sekä suomeksi että ruotsiksi, ja silloin joulu virallisesti alkaa. Joulurauhan julistus on lyhyt, yksinkertainen asiakirja nauhalla sidotussa rullakäärössä. Ystävämme ovat kääntäneet sen meille. Siinä vain toivotetaan kansalle rauhaa ja onnea. Useimmat suomalaiset katsovat tapahtumaa televisiosta joka vuosi, ja tori on täynnä perheitä, jotka haluavat siirtää lapsilleen tämän tärkeän perinteen ja sen kunnioituksen.

Koska hallinto oli ruotsalainen, myös virallinen kieli oli väistämättä ruotsi. Se on kovalta kuulostava kieli, joka tuntuu vaativan vakavat kasvot ja rajoittuneen huumorintajun, jotta sitä voi puhua oikein, ja jota vallanpitäjä yritti turhaan juurruttaa suomalaisiin. Kansa ei paljoa piitannut säädöksistä, joita Turussa pantiin paperille ja joita ei millään voitu valvoa. Metsissä vallitsivat omat lakinsa, eikä niillä ollut mitään yhteyttä kirjoitettuihin asiakirjoihin, joita kukaan ei muutenkaan ymmärtänyt. Kirkon ja rohkeiden, sisukkaiden pappien vaikutus oli paljon voimakkaammin kansaa yhdistävä tekijä kuin ruotsalaisten abstraktit ja kaukaiset säädökset. Papit asuivat keskellä kansaa ja ymmärsivät paremmin sen elämäntapaa, toiveita ja tarpeita.

Ruotsalaiset kävivät siis edelleen Suomessa metsällä. On erimielisyyttä siitä, kuinka monta kertaa Ruotsin kuningas kävi Suomessa; luultavasti aika harvoin jos lainkaan. Suomi oli vain etäinen osa Ruotsia hyvin kaukana pohjoisessa, jossa vallitsi ikuinen talvi ja tunturit olivat korkeita ja ylittämättömiä.

Ruotsin kieli kuului eliitille ja oppineille. Se ei ollut kansan kieli. Näin jatkui, kunnes Ruotsi Suomen sodan jälkeen luovutti Suomen Venäjän Suuriruhtinaskunnaksi. Näin itäinen naapuri sai pääsyn metsästysmaille ja satamiin, lähemmäs Pohjanmerta. Ruotsin kieli säilyi peruskielenä, jota opetettiin kouluissa. Venäläiset yrittivät innottomasti ja ilman menestystä saada suomalaiset puhumaan venäjää, mutta siihen ei paneuduttu kunnolla, ja se osoittautui täydelliseksi energian tuhlaukseksi.

Ruotsia opetetaan nykyäänkin kouluissa, ja vaikka suuri osa keski-ikäisestä väestöstä puhuu ruotsia, sen on hiljalleen korvannut englanninkieli toisena pääkielenä (olemme tästä henkilökohtaisesti iloisia, sillä aivomme ovat liian vanhat ja väsyneet muistamaan vaikeita ilmaisuja). Jotkut jopa aivan avoimesti vastustavat ruotsinkielen opetusta muistaen kuinka länsinaapuri hallitsi yli 600 vuotta. Nuoria ei kiinnosta oppia ruotsia, ja kaikki mitä he Ruotsista haluavat tietää, on Abba, vaikka ruotsin kuningasperhe on hyvin arvostettu instituutio, ja jotkut perheen jäsenistä (kuningatar mukaan lukien) ovat hyvin kauniita.

Muutamia vuosia sitten naapuriperheemme Englannista tuli viettämään kaksi viikkoa Suomessa ja mökillämme. Oli varhainen maaliskuu ja sää parhaimmillaan: paljon puuterilunta, pakkasta noin 20 astetta, siintävän sininen taivas ja auringonpaistetta. Ystäviemme juuret ovat kahdessa eri maassa, Cecilia on ruotsalainen ja hänen miehensä John englantilainen, jonka suonissa virtaa hieman ruotsalaista verta esi-isien perintönä. Molemmat puhuvat sujuvasti ruotsia. Muistaen Ruotsin ja Suomen yhteisen menneisyyden he yrittivät paikallisia miellyttääkseen puhua heille ruotsia. Eräänä päivänä ne päättivät ostaa kalaa naapuriltamme, ja menin heidän kanssaan Jorman luo ostamaan tuoretta saalista: haukea, siikaa, kuhaa ja lohta. He tervehtivät Jormaa ruotsiksi kysyen, voisivatko he ostaa kalaa. Jorma vastasi heille suomeksi ja kääntyi minun puoleeni odottaen minun selittävän englanniksi, mitä nämä ihmiset oikein halusivat. Olen varma, että puolivälissä viittäkymmentä ollut Jorma ymmärsi ja puhui ruotsia kohtalaisen hyvin, koska oli lukenut sitä pakollisena kielenä koulussa, mutta hän ei sanonut sanaakaan. Minusta tuntui, kuin olisin esitellyt hänelle pari tunkeilijaa.

Suomen ja entisen hallitsijan välillä on paljon samankaltaisuuksia. Ilmasto on samanlainen, vaikka suuri osa Ruotsia on paljon etelämpänä kuin Suomen rantaviiva Suomenlahden rannalla, ruotsalaiset käyvät säännöllisesti mökeillään saariston lukemattomilla saarilla kuten suomalaisetkin, molemmat maat rajoittuvat mereen ja niissä on paljon järviä, ruotsalaisilla on prinsessakakkunsa ja suomalaisilla omat leivonnaisensa, ja ruotsalaiset ovat enimmäkseen luterilaisia suomalaisten tapaan.

Nämä kaksi kansaa ovat kuitenkin täysin erilaiset. Suomalaiset pitävät ruotsalaisia hieman koppavina ja ylimielisinä, heidän uskotaan vieläkin pitävän Suomea jonkinlaisena Ruotsin siirtokuntana, mutta tämä ei taida nykyään enää olla totta. Ruotsi ei kuulu Euroopan unionin rahaliittoon. Kaikki ruotsalaiset ovat vaaleita (muutamia poikkeuksia lukuun ottamatta, tietenkin), sillä he polveutuvat viikingeistä, mutta suomalaiset ovat heimojen sekoitus, heitä on sekä lyhyitä, vantteria tummatukkaisia että pitkiä, hoikkia ja vaaleita yksilöitä. Ruotsin ei ole koskaan tarvinnut olla idän ja lännen välissä, se voi käyttää Suomea puskurina, olla eristynyt ja neutraali, kun taas Suomen oli kaiken aikaa pohdittava, miellyttääkö jättimäistä Venäjää vai demokraattisia länsimaita.

Oli miten oli, Suomi ja Ruotsi ovat erottamattomat. Pohjoisen lyhyt yhteinen raja on vain maantieteellinen linkki. Yhteiset taloudelliset edut ovat tulleet yhä tärkeämmiksi, ja jotkin suurimmista yritysfuusioista ovat tapahtuneet viime vuosikymmenellä yli Pohjanlahden. Useimmissa Etelä- ja Länsi-Suomen kaupungeissa on kadunnimet ja tienviitat kahdella kielellä. TV2 tuottaa monet ohjelmat - myöskin uutiset - ruotsiksi (ja minun on häpeäkseni tunnustettava, että pystymme seuraamaan niitä paremmin kuin suomeksi, vaikkei kumpikaan meistä puhu ruotsia).

Suomen ja Ruotsin suhde on kuin järkiavioliitto. Se hyväksytään siksi, että se on olemassa, ei vihaa, ei rakkautta, vain lievää välinpitämättömyyttä. Ja Ruotsista ei ainakaan katsota tulevan vaarallisia eläimiä, saastepilviä tai prostituoituja.

Jääkiekko on molempien maiden kansallisurheilu kuten joissakin Keski-Euroopan maissa jalkapallo. Suomi ja Ruotsi ovat perinteisesti olleet veriviholliset lajin synnystä lähtien, ja kun voitto tai tappio on ratkeamassa kansainvälisessä kisassa, molemmissa maissa hiljenee: liikenne pysähtyy ja lähes 5 miljoonaa suomalaista ja 9 miljoonaa ruotsalaista liimautuu kiinni televisioon. Suomalaiset hyväksyvät tappion kunhan se ei tule ruotsalaisten mailasta, ja voitto länsinaapurista maistuu aina makeimmalta.

# MARJAT

Suomessa kasvaa marjoja kaikkialla. Suomalaiset rakastavat marjoja ja niistä valmistamiaan mehuja. Ainakin he väittävät niin.

Meilläkin oli puutarhassa paljon marjapensaita, mustia, punaisia ja valkoisia viinimarjoja. Joka vuosi heinäkuussa pensaat paisuivat, ja ystävät huomauttivat aina, kuinka paljon voisimmekaan poimia ja kuinka paljon mehua saisimmekaan. Niinpä niin!

Meillä oli tapana peittää pensaat verkolla, jotta lintuparvet eivät söisi marjoja ja jättäisi värikkäitä jätöksiä lattioille tai puuportaille. Suhtauduimme marjapensaisiimme myös suojelevasti, emmekä halunneet lintujen syövän **meidän** marjojamme. Kyse ei ollut siitä, että olisimme ne itse tarvinneet. Muistan vain pari kertaa kun olemme poimineet niitä, saaneet hyttysenpuremia ja ylipäänsä tuskastuneet sotkuiseen hommaan. Saimme muutamia muoviastioita täyteen ja marjat pakastettiin läpinäkyvissä pusseissa. Celia käytti muutamia pusseja vanukkaaseen tai kakunkoristeluun; loput heitettiin seuraavana vuonna pois.

Olen varma, että muilla ihmisillä on sama juttu, mutta kuten aiemmin kirjassa mainitsin, marjojen poiminta on kansallislaji, verrattavissa saunomiseen, kalan savustamiseen, leivän leipomiseen tai kaupoissa rupatteluun. Ystäviä kutsutaan poimimaan marjoja (huomasimme, että tämä oli kätevin tapa päästä marjoista eroon ryhtymättä itse työhön) ja heille annetaan osa saaliista. Ystävillä on tavallisesti jo paljon marjoja omassa pakastimessaan joko omasta tai toisten puutarhoista, ja he luultavasti päätyvät antamaan osan marjoista omille ystävilleen, joilla jälleen on pakastin täynnä edellisvuotisia marjoja. Ja näin se jatkuu.

Kun pakastimessa on marjoja, suomalaisella naisella on turvattu olo ja rohkeutta kohdata tuleva talvi tietäen, että hän voi valmistaa mehuja vilustumiseen, mahakipuun, päänsärkyyn, kuumeeseen ja muihin pikkuvaivoihin. Celialla on onnellinen ja varma olo, kun hänellä on perunoita laarissa, vaikka hän ei koskaan ole tehnyt niistä mehua. Suomalaisella naisella on oltava marjoja.

No, korostettuani marjojen poiminnan tärkeyttä ja iloja, monet tapaamamme ihmiset ovat kaikessa hiljaisuudessa tunnustaneet vihaavansa koko hommaa. Se on sotkuista, tahmeaa, ikävystyttävää, kuumaa puuhaa heinäkuun auringossa ja tapahtuu hyttyskauden ollessa kiivaimmillaan. Se on kuitenkin kestettävä hymyssä suin kuten kaikki epämiellyttävät perinteet.

Puutarhassamme ei enää aikoihin ole ollut marjapensaita. Annoimme pari kolme pensasta Juhanille ja Irikselle ja loput muille ystäville. En tiedä mitä Juhani ja Iris tekivät pensaillemme, koska he muuttivat kerrostalon kolmanteen kerrokseen. He olivat kuitenkin iloisia saadessaan pensaat. Ja hyttyset ovat meillä merkittävästi vähentyneet.

Pari vuotta sitten vierailimme ystävämme vanhempien kodissa Turun liepeillä. Vanha pariskunta toivotti meidät tervetulleiksi ja tarjosi meille kahvia ja pullaa. Rouva oli pieni, siisti nainen, jolla oli vahva persoonallisuus ja lämmin hymy. Hänen miehensä oli mukava ja ystävällinen mies, jolla korkeassa 82 vuoden iässä oli oma tietokonehuone moitteettoman siistissä kodissa.

Istuimme keittiön pöydän ympärillä ja nautimme heidän ystävällisyydestään ja spontaaniudestaan, vaikka tapasimme vasta nyt ensimmäisen kerran. Mamma (kuten perhe häntä kutsui ensimmäisen lapsenlapsen synnyttyä) avasi jossain vaiheessa pakastimen ja esitteli meille suuren marjavarastonsa. Ystävämme selittivät, että kuten kaikilla Suomen emännillä, mammalla pitää olla paljon marjoja pakastimessa. Hänelle tuli niistä turvallinen olo. Joistakin keitettäisiin mehua, loput jäisivät pakastimeen luultavasti seuraavaan vuoteen asti, ja ne ehkä heitettäisiin pois uudempien tieltä. Mamma muistutti omaa isoäitiäni.

Mielestäni omat marjapensaamme olivat aina epäsiistit, rumat ja tilaa vievät, ja vihaan marjojen poimintaa – jopa sitä vähää minkä koskaan tein. Inhosin sitä kun sormeni tulivat mustiksi ja tahmeiksi; vihasin selkäsärkyä, jonka kumartelu parhaisiin marjoihin aiheutti, sillä ne olivat aina alimmilla oksilla. Vihasin kaikkea marjanpoimintaan liittyvää. Tämän sanottuani myönnän, että pidän marjoista, suoraan pensaasta syötyinä, ohimennen poimittuina, tai keitettyinä ja leivonnaisissa, tai possunlihan tai mustanmakkaran lisukkeena, tai jopa hyvässä salaatissa kesäpäivänä.

Ostimme muutamia vuosia sitten pienen, järven rannalla olevan metsikön, ja sen pohja on mustikoiden peitossa. Ne ovat pieniä, tukevia varpukasveja, joilla on pienet, jämäkät, kiiltävänvihreinä hohtavat lehdet. Valitettavasti niinä muutamina kertoina, kun Celia halusi poimia mustikoita, hän huomasi pettymyksekseen, että karhut olivat ehtineet ennen häntä ja pitäneet suuret mustikkajuhlat. Isot, tyypilliset käpälänjäljet pensaikossa todistivat, että karhut rakastavat mustikoita. Toivon, että niiden kielet muuttuivat mustiksi rangaistukseksi varkaudesta.

Marjojen poiminta on Suomessa yhtä tärkeää kuin sienestys. Emme tiedä mitään sienistä, emmekä erota syötäviä myrkyllisistä. Pidämme sienistä, ja Celia laittaa niitä usein eri tavoilla. Monet suomalaiset tietävät sienistä paljon ja tekevät säännöllisiä retkiä salaisina pidettyihin paikkoihin viettäen siellä tuntikausia.

Itse asiassa Suomi on suuri sienten tuottajamaa. Metsien paksu, kostea maa on ihanteellista näille oudoille tuotteille ja kuuluisille herkkutateille, joita perinteisesti pidetään italialaisten keksintönä – ja joita kasvaa niin paljon, että niitä viedään Italiaan. Italialaiset jopa tulevat Suomeen erityisesti sienestämään.

Eräänä lämpimänä kesäpäivänä Juhani ja Iris veivät meidät sienestämään pienelle Päijänteen saarelle, minne he säännöllisesti menivät salaa ollakseen paljastamatta hyvää sieniapajaa muille. Tähän aikaan Juhanilla oli vielä moottoriveneensä, pieni mutta mukava vene, jossa oli hytti, istuimet ja pari nukkumapaikkaa. Juhani tunsi Päijänteen läpikotaisin kalastettuaan siellä niin monta vuotta, tuntikaupalla joka päivä. Ajoimme itään noin 40 minuuttia, kunnes tulimme tyynelle lahdelle ja pudotimme ankkurin. Kiipesimme pieneen soutuveneeseen mennäksemme maihin, kun vesi kävi liian matalaksi moottoriveneelle.

Onneksi silloin oli tyyntä; Celia ei ole koskaan pitänyt pienveneistä, ja hän oli monesti hermostunut niihin, kuten Devonissa, jossa vietimme muutaman päivän ihanassa kaupungissa, jossa upea estuaari avautui suoraan Englannin Kanaalille. Vierailimme ystäviemme loisteliaalla, kiiltävällä kilpapurjeveneellä, joka oli ankkuroitu suoraan estuaarin keskelle. Muutamien drinkkien jälkeen meidät lastattiin pieneen jollaan mennäksemme takaisin maihin. Celiaa pelotti astua isosta veneestä pieneen epävakaaseen jollaan, ja lopputuloksena hänen takamuksensa kastui. Hän joutui istumaan ravintolassa illallisella märissä farkuissa. Eikä hän ollut edes juonut mitään, joten sekään ei kelpaa selitykseksi.

Takaisin pieneen sieniretkeemme: saari näytti siltä kuin kukaan ihminen ennen meitä ei olisi käynyt siellä. Tunsimme olevamme toisessa maailmassa, maasta ja kasvillisuudesta nousi vahva myskin tuoksu, lahonneet puut makasivat maassa keskellä kivilohkareita, jotka näyttivät vain ilmestyneen jostain. Kumisaappaamme upposivat suomaiseen maahan. Odotimme jonkin esihistoriallisen olion ilmaantuvan jokaisen pensaan takaa. Hiljaisuus oli aavemaista ja värit upeita.

Kävelimme noin 10 minuuttia kasvillisuuden keskellä olevalle aukiolle, ja siinä ne olivat. Satoja sieniä, kaikkialla. En yhtään tiedä, mitä ne olivat, ja Iriksen mainitsema nimi unohtui saman tien. Hän osoitti, mitä voisimme poimia ja aloimme ahkerasti työmme. Korimme täyttyivät ja tarkistimme säännöllisesti Irikseltä, ettemme olleet keränneet vaarallisia lajikkeita. Vietimme siellä yli tunnin, täytimme vaikeuksitta neljä koria ja juttelimme koko ajan, pysähdyimme välillä oikaisemaan selkämme ja lepäämään. Erittäin nautittavaa. Ja ennen kaikkea siksi, ettei siellä ollut ketään muita.

Palattuamme moottoriveneeseen joimme kahvit ja söimme Iriksen tekemää muna-riisipiirakkaa, joka on yksi perinteisistä karjalaisruuista. Ne maistuivat erinomaisilta. Kun Juhani toi meidät takaisin kotiin, Iris antoi meille ison osan poimimistamme sienistä. En muista miten Celia valmisti ne, mutta ne olivat herkullisia.

Ystävämme Paula on toinen sieniekspertti, ja syksyisin hän tekee sieniretkiä usein yksinään, vaikka vaarana on kohtaaminen karhun tai suden kanssa. Hänellä on salainen, oma paikkansa, jossa kasvaa lukemattomia sieniä. Hän ei koskaan ole kertonut meille, minne hän menee, vaikka hän tietää hyvin, että jättäisimme hänen sienensä rauhaan. Kuten muutkin sienien ystävät, hän on hyvin vaitonainen salaisesta paikastaan.

Niin, karhut ja sudet. 1970-luvulla luonnonsuojelijat onnistuivat vakuuttamaan hallituksen siitä, että sudet on rauhoitettava, jotta luonnontasapaino (niin he väittivät) palautuisi. He näyttävät unohtaneen, että menneisyydessä sudet ja ihminen asuivat metsässä yhdessä ja kunnioittivat toisiaan. Nykyiset sudet ovat olleet ihmisen lähellä vuosikymmeniä ja oppineet, että ihminen jopa syöttää niitä. Ne eivät pelkää ihmistä, eivätkä epäröi tulla kyliin etsimään ruokaa.

Tuloksena on, että koiria, kissoja ja muita kotieläimiä on kadonnut, ja että susia on nähty pienissä kaupungeissa sekä yöllä että päivällä. Ihmiset pelkäävät metsissä, eivätkä lapset enää voi kävellä yksin metsiköiden halki. Täytyy tunnustaa, etten tuntisi oloani turvalliseksi marjastaa tai sienestää syrjäisissä paikoissa susilauman pelossa. Joskus toivon, että poliitikot tuntisivat maansa paremmin.

# SUOMALAISET

He onnistuvat näyttämään kaiken aikaa sekä hyvin vakavilta että muodollisilta, he käyvät liikeneuvotteluja, he kaikki haluavat olla liikemiehiä tai -naisia, he kävelevät ovista välittämättä yhtään takana tulevista, he tunkevat läpi ihmisjoukkojen ikään kuin maailma loppuisi sillä minuutilla, he syövät nopeasti ja hiljaa, he eivät nouse seisomaan, kun heidät esitellään naiselle, ja he kutsuvat kaikkia etunimeltä (epämiellyttävä amerikkalainen tuontitapa). Yleistän, tietenkin, ja poikkeuksiakin on.

He kaikki ovat kuitenkin ystävällisiä, rehellisiä, täsmällisiä, hauskoja, auttavaisia, puhtaita, hyviä autokuskeja (yleensä, mutta tähän on jälleen monia poikkeuksia), he noudattavat lakeja ja kunnioittavat auktoriteetteja. He ovat isänmaallisia, poliittisesti epäkorrekteja (mikä siunaus!) ja hyvin ujoja. He rakastavat ilmaista kahvia ja taidetta.

Olen ajatellut kaikkea edellä mainittua perusteellisesti ja uskon, että jokainen väittämä ansaitsee syvällisen analyysin ja selityksen, jottei määritelmiäni ymmärrettäisi väärin, irrotettaisi asiayhteydestä tai pidettäisi loukkaavina, mitä en missään nimessä halua.

Kerroin aiemmin miehestä, joka istui autossaan supermarketin edessä kun hänen vaimonsa raahautui tien yli kantaen olutpakkausta ja useita kauppakasseja ja lastasi ostokset auton tavaratilaan, kun tämä oletettavasti aviomies vain istui ja odotti. Tämä ei suinkaan ollut yksittäinen tapaus. Vanhat tavat heijastuvat nykypäiväänkin: ennen muinoin mies teki metsätyötä jokapäiväisen leivän eteen ja odotti kotiin tullessaan, että vaimo oli sillä välin pessyt pyykit, tehnyt ruokaa, hoitanut lapset, kotieläimet ja hyötypuutarhan, leiponut ja poiminut marjat ja luonut lumet kotipolulta.

Joitakin vuosia sitten ystävämme veivät meidät Verlan tehdasmuseoon. Se on vanha UPM:n puuhiomo ja pahvitehdas, joka suljettiin noin 50 vuotta sitten ja muutettiin museoksi esittelemään suomalaista sodanjälkeistä teollisuutta. Siellä käy paljon sekä suomalaisia että ulkomaisia vieraita. Tehtaan ja sen työläisten historiaa esitellään filmein tasatunnein.

Filmiä katsellessamme järkytyimme siitä, kuinka miehet työvuoronsa päätyttyä tulivat kotiin, laittoivat vaimoilleen valjaat ja panivat heidät peltotöihin, vain ruoskiminen puuttui. Nainen oli perheen työhevonen. Ja näin oli vain noin 60 vuotta sitten, kun Euroopan jälleenrakentaminen oli juuri päässyt täyteen vauhtiin, ja monissa maissa oli alettu katsella ensimmäisiä televisioita. Tämä ei tarkoita, että Suomi olisi ollut takapajuinen maa, vaan sitä, että raskaita metsätöitä oli aina tehty, eivätkä olosuhteet olleet vielä muuttuneet. Ihmisten päähuolena oli saada ruokaa pöytään, heillä ei ollut aikaa keskittyä yksityiskohtiin. Sekä miesten että naisten oli tehtävä lujasti töitä, ja elanto oli otettava sieltä mistä ja milloin sen sai.

Tämä käsitys on siirtynyt sukupolvelta toiselle aina tähän päivään, vaikkakin matkustelu ja tasokkaan koulutuksen lisääntyminen muuttavat sitä nopeasti. Yhtäkaikki, suomalainen yhteiskunta on edelleen hyvin yksilökeskeinen, jossa toisia huomioidaan vain vähän (jos viranomainen niin vaatii), ja oma hyvinvointi on etusijalla. Tämä suhtautuminen periytyy elämästä metsissä, joissa kontaktit toisiin ihmisiin olivat vähäiset, ja elinolosuhteet olivat ankarat erityisesti talvella.

Vuosia sitten, eräässä pienessä yhteisössä maaseudulla, meille kerrottiin pieni kasku, joka kuvaa suomalaista maaseudun henkeä: jos tonttisi poikki kulki puro ja löysit siitä sahanpurua, päätit julistaa sodan ylävirran uhkaavalle tunkeilijalle.

Jotkut suomalaiset haluavat muistella maan vaikeaa menneisyyttä enemmän kuin toiset, he romantisoivat sitä ja pitävät sitä ylpeydenaiheena. Voisi jopa saada vaikutelman, että nämä ihmiset kehuskelevat muinaisella köyhyydellä ikävystymiseen asti. Totuus on, että alle sata vuotta on kansalle lyhyt aika unohtaa vuosisatoja kestäneet vaikeat elinolosuhteet, varsinkin kansalle, joka on elänyt eristäytyneenä ja pelon vallassa, peläten sekä itää että länttä mutta myös nälkää. On myös totta, että Suomen ilmasto voi olla niin rankka ja äärimmäinen, että ihmiset pysyttelevät neljän seinän sisällä. Tätä ei turisti voi koskaan täysin ymmärtää.. hän tulee perheineen esimerkiksi Lappiin tapaamaan joulupukkia ja heille esitellään yksi turisteja varten rakennettu sauna ja avanto – siinä kaikki.

Maa on umpijäässä ja lumen peitossa noin puolet vuodesta; mikään ei kasva. Järvistä muodostuu valtavat jääkimpaleet, ja kalastus on mahdotonta, no, lähes mahdotonta, paitsi pilkkijöille.

Pilkkimisestä puheen ollen, harrastimme sitä muutaman kerran, kun Celia oli antanut minulle kairan syntymäpäivälahjaksi. Paksun jään kairaaminen oli rankkaa puuhaa, ja oli hyvin palkitsevaa kun kaira lopulta sujahti läpi ja vesi loiskahti iloisesti. Kun jääkairan terävä kärki lopulta uppoaa joskus jopa 80 tai 90-senttisen jään läpi, vesi pulpahtaa reiästä läpi salamannopeasti.

Istuimme taittotuoleillamme kylmässä auringonpaisteessa ja teimme juuri niin kuin meitä oli neuvottu: liikutimme vapaa ylösalas säännöllisin väliajoin, puhdistimme sen jäästä, varmistimme, että se ulottui lähes järven pohjaan asti, mistä kalat ilmeisesti etsivät lämpimämpiä vesiä. Emme saaneet mitään, vaikka teimme juuri niin kuin olimme mökkimme ikkunoista nähneet toisten tekevän, vaihtaen paikkaa silloin tällöin. Mielikuvissamme järvestä tuli siivilä, joka murtuisi lukuisien innokkaiden pilkkijöiden jäähän tekemien reikien vuoksi. Mikään kalalaji ei ymmärtänyt kieltämme, tai sitten kaikki kalat olivat jäätyneet ja makasivat järven pohjalla, eikä niillä ollut voimia uida ostamamme värikkään vieheen perään.

Kysyin kerran eräältä ystävältä, mitä tapahtuisi, jos jonkin onnenkantamoisen vuoksi joku saisi niin ison kalan, ettei se mahtuisi pilkkiaukosta läpi. Vastaus tuli heti ja vakavalla naamalla: "Täytyy vain odottaa kevättä ja jäiden sulamista." Etteikö suomalaisilla olisi huumorintajua?

Takaisin ankariin talviin: useimmat linnut muuttavat etelään ja jotkut eläimet siirtyvät talviunille. Vanhat metsämökit muuttuvat jääkaapeiksi huurteisine ikkunoineen, ja ihmiset oleskelevat isojen takkatulien ääressä. Ostoksille lähtemisestä tulee seikkailu, kun kiviset ja epätasaiset metsäpolut muuttuvat hiihtoladuiksi. Puutarhojen vanhat käsipumput jäätyvät. Tällaisissa mökeissä ihmiset asuivat ja vanhenivat kovissa sääolosuhteissa. Ei ihme, että suomalaiset näyttävät vakavilta. Maalamassani kuvassa ei ole mitään naurettavaa, eikä ihme, että suomifilmeissä yhä näytetään sotilaiden koettelemuksia talvisodassa ja metsien asukkaiden vaikeuksia selviytyä elämänmittaisista ponnistuksista.

Tästä kaikesta syntyy yksi positiivinen elementti, joka tekee suomalaisista melko yksilöllisiä nykymaailmassa: se on yhtenäisyyden ja ylpeyden tunne. Kaikki suomalaiset tuntevat itsensä suomalaisiksi ja ovat ylpeitä siitä. He kunnioittavat Suomen lippua ja muita kansallisia instituutioita. Monessa talossa (nyt myös meillä, tonttimme korkeimmalla kohdalla) on lipputanko. Liputuspäivinä (ne on merkitty kalenteriin) jokaisessa salossa liehuu ylpeänä siniristilippu. Niin meilläkin (englannin lipun lisäksi, jonka nostamme salkoon syntymäpäivien, perhetapaamisten yms. kunniaksi). Meistä se on mukavaa, ja Suomen lippu näyttää upealta tuulessa liehuessaan.

Lönnroth ja Snellman auttoivat luomaan yhtenäisyyden tunnetta, joka jo oli olemassa, mutta jota ei vielä keskitetysti osattu ilmaista. Jokainen suomalainen on naapuri, ja jokainen naapuri on suomalainen. Me Englannissa olemme tottuneet pitämään naapureina seuraavassa huoneistossa tai viereisessä talossa tai tien toisella puolen asuvia. Suomessa kaikki kunnan alueella asuvat – alue saattaa ulottua useita kilometrejä joka suuntaan keskustan ulkopuolelle – ovat naapureita. Ja naapurit auttavat, lohduttavat, juoruilevat; heidän kanssaan saunotaan ja kalastetaan. Vain alkuperäisten metsästäjä-keräilijäryhmien koko on muuttunut, ei henki.

Yksi huvittavimpia suomalaisen psykologian piirteitä on fraasi, jonka olen niin monesti kuullut ihmisiltä, jotka eivät työskentele tavanomaisissa tehtävissä: olen liikemies. Liikc-clämä tuntuu olevan kovin tärkeää, ja ostaminen ja myyminen – torikojussa tai maaseudun messuilla – tekee lähes kaikista liikemiehiä ja -naisia. Liike-elämässä ei neuvotella, ja kiinnostuneen osapuolen odotetaan tekevän ostotarjouksen eikä niinkään maksavan pyydetyn hinnan. "No niin, tee minulle tarjous"; näin tavaroita yleensä ostetaan ja myydään. Näin lankeat ansaan ja teet tarjouksen, jota myyjä pitää liian alhaisena ja kaupankäynti loppuu siihen. Ei tilaa jatkoneuvotteluille, loppu! Mielenkiintoinen tapa tehdä kauppaa.

Minulla on omakohtaista kokemusta tästä. Mainitsin Juhanille, että olisimme kiinnostuneet ostamaan talon, jota olimme vuokranneet kahdeksan vuoden ajan. Aina innokkaana ansaitsemaan rahaa Juhani vastasi hyvin nopeasti: "no, tee tarjous". Tämä tuntui kummalliselta. Minulla on takanani useita vuosia myynnissä ja markkinoinnissa, enkä koskaan ollut törmännyt tällaiseen. En tiennyt, mistä alkaa. Mikä olisi talon kohtuullinen myyntiarvo? Mitä voisin tarjota? Summan täytyi olla tarpeeksi alhainen, jotta voisin sen maksaa, ja tarpeeksi korkea kiinnostaakseen Juhania. Päätin ottaa yhteyttä pankkiini ja kertoa ongelmastani. Tapasin paikallispankin johtajan sekä pankin kiinteistöekspertin, ja yritimme arvioida kiinteistön arvon. He tutkivat talon sisältä ja ulkoa, he kurkistivat puutarhaan ja katsastivat rannan; he keskustelivat keskenään (no, en olisi heidän suomenkieltään kuitenkaan ymmärtänyt) ja hetken kuluttua he asettuivat pihalle selkä selkää vasten, ja kumpikin kirjoitti paperille oman hinta-arvionsa. He näyttivät minulle lukunsa (jotka olivat lähes identtiset) ja ehdottivat, että tarjoukseni tulisi perustua niihin plus miinus 10 prosenttia puoleen tai toiseen.

Vaikka tämä tuntui minusta melko epätavalliselta, uskoin, että kaikki oli hoidettu oikein. Tein kirjallisen tarjouksen, joka kauppasumman lisäksi selvitti, miten olin siihen päätynyt. Tein myös pienen puutelistan, olihan rakennus ollut säille alttiina jo noin 20 vuotta. Englannissa olisi kutsuttu paikalle arvioija, joka olisi tehnyt täydellisen raportin ennen kuin mahdollista kauppaa edes olisi harkittu.

Tarpeetonta sanoakaan, että Juhani hylkäsi tarjoukseni suoralta kädeltä ja loukkaantui puutelistasta, erityisesti kohdista, joissa mainitsin suihkuhuoneen nurkan kosteudesta ja katon kunnosta. Olin myös maininnut, ettei rantaviiva ilmeisesti kuulunut kiinteistöön, jne. Se oli sen lorun loppu. Ei jatkoneuvotteluja. Myyntihinnan puuttuessa tehty järkevä tarjoukseni hylättiin. En itse asiassa koskaan saanut Juhanilta virallista vastausta, vaan hänen miniältään (joka on naapurimme). Tämän episodin jälkeen Juhani ei puhunut minulle muutamaan kuukauteen. Suomalaiset voivat olla hyvin ylpeitä.

Yli vuotta myöhemmin Juhani tuli yhtäkkiä toisiin ajatuksiin ja otti minuun yhteyttä, kysyen tällä kertaa, olimmeko vielä kiinnostuneita ostamaan talon. Hän mainitsi hinnan, jolla olisi valmis myymään. Hieman erilainen lähestymistapa, sellainen, johon olin tottunut. Koko liiketoimi sai uuden, paljon liikemiesmäisemmän sävyn. Sopimukseen päästiin vihdoin Juhanin ja Iriksen mökillä. Iriksen täytyi poistua toiseen huoneeseen, sillä hän uskoi Juhanin ja minun joutuvan nyrkkitappeluun. On tosiasia, etteivät suomalaiset ole valmiita suoraan ajatustenvaihtoon, vaan mieluummin poistuvat paikalta ja jupisevat takanapäin siinä pelossa, ettei vastapuoli enää koskaan puhuisi heille. Kun Iris tajusi, että olohuoneessa myös naurettiin (sekoitin keskusteluun hieman huumoria hioakseni terävimmät särmät), hän tuli takaisin helpottuneena ja tarjosi meille juomia ja leivonnaisia.

Se vasta oli kokemus: nähdä, kuinka Suomessa ostetaan ja myydään kiinteistöjä. Saat sen mitä näet, ei kannata alkaa puhua remonteista tai talon yksityiskohtaisesta tutkimisesta: myynnissä on nyt tämä, tässä kunnossa. Ota tai jätä. Jos kunto ei miellytä, etsi toinen kohde. Piste. Joku on aina valmis ostamaan sen tässä kunnossa. Toisaalta, kun ostaja ja myyjä ovat sopineet kaupasta, kaikki sujuu selkeästi eteenpäin: ei asianajajia, ei kiinteistövälittäjiä. Kahdenvälinen kauppa, joka varmistuu muutamassa päivässä, kun virallinen kaupanvahvistaja on vahvistanut sen allekirjoituksellaan. Se on esimerkki byrokratian puuttumisesta ja suomalaisten suorasta luonteesta.

Kaikki ei ole yhtä selkeää, kun suomalaiset ovat auton ratissa. Muutamat maailman parhaista kuskeista tulevat Suomesta, suuri saavutus kun ajattelemme maan vähäistä väkilukua. En viittaa pelkästään kolmeen F1-maailmanmestariin, vaan myös lukuisiin rallikuskeihin, joista on tullut suuria nimiä maailman moottoriurheiluväen keskuudessa. On oikeutettua sanoa, että maan väkilukuun suhteutettuna Suomi on edellä Englantia, Italiaa ja Ranskaa mitä tulee F1- tai rallimestaruuksiin. Metsäteiden luonne ja vaikeat ajo-olosuhteet sekä kesällä että talvella tarjoavat suomalaisille mainiot harjoittelupuitteet jo pienestä pitäen. Talvella pakollisten nastarenkaiden ansiosta he oppivat luontaisesti hallitsemaan autoaan tilanteissa, jotka meille muille ovat epätavallisia ja äärimmäisiä. Kaikki maantiet ovat haaste, kesällä irtosoran ja talvella lumen vuoksi.

Muistan vieläkin, kuinka kauhistunut olin ensimmäisellä kerralla, kun päätimme lähteä ajelulle katsomaan ympäröivää maaseutua lähemmin. Oli loppukesä, ja tielle oli ajettu soraa, joka uppoaisi talvella maahan. Poistuttuani päällystetyltä tieltä huomasin ajavani liikkuvalla kivipatjalla. Ohjaus muuttui epävakaaksi ja mutkat vaarallisiksi. Kaiken kruunuksi tie oli yhtä ylä- ja alamäkeä kumpuilevassa maisemassa. Olemme oppineet, että maanteiden tieltä on yleensä kaadettu vain puut ja sitten vain seurattu epätasaista maanpintaa. Joskus ylämäki oli niin jyrkkä, etten nähnyt, mikä minua sen päällä odotti – yleensä jyrkkä mutka.

En koskaan ennen ollut saanut sellaista ajo-oppia, mutta ainakin tie oli tyhjä. Siinä se: kaupunkien ulkopuolella tiet ovat tyhjät. Voi ajaa kymmeniä kilometrejä kohtaamatta toista ajoneuvoa kumpaankaan suuntaan. Tämä vaikeuttaa helposti keskittymiskykyä, ja katse vaeltelee tienlaitaan etsimään hirviä tai karhuja tiheän kasvillisuuden seasta. Sitä alkaa helposti muistella menneitä lomapäiviä lasten kanssa, tai vielä todennäköisemmin ajatella, mitä on illalliseksi. Ei vaihteiden vaihtoa, pari mutkaa, joissa pitää hieman valpastua, ei liikennevaloja, ei muita autoja. Ja silloin voi tapahtua mielenkiintoisia asioita kuten rattiin nukahtaminen tai kohtaaminen hirven kanssa sen ylittäessä tietä pitkine jalkoineen, epätasaisesti keinahdellen, välittämättä vähääkään autosta, joka juuri sillä hetkellä osuu sen kohdalle. Suomessa näiden eläinten kanssa kolaroiminen johtaa usein kuolemaan. Olemme nähneet majesteettisen hirven muutamia kertoja hitaasti kiipeämässä ylös tielle, äänettömästi, joskus vasa mukanaan, ja olemme joutuneet hiljentämään vauhtia välttääksemme törmäyksen. Onneksi olemme aina nähneet hirvet hyvissä ajoin ja hyvän matkan päästä. Vaara voi kuitenkin olla hyvin todellinen niiden lähtiessä liikkeelle iltahämärissä.

Metsissä hirvet ovat rauhallisia eläimiä, syövät ruohoa puiden lomassa ja pysyttelevät poissa ihmisten tieltä. Ne pystyvät erinomaisesti maastoutumaan puiden ja pensaiden keskelle, joten niitä on vaikea havaita. Me olemme nähneet ehkä puoli tusinaa koko sinä aikana kun olemme Suomessa oleskelleet, ja myös pari hirvilehmää pelokkaan ja uteliaan vasan kanssa.

Vuosien saatossa hirvet ovat huomattavasti lisääntyneet, ja niille myönnetään kaatolupia. Metsästysseurat saavat lähteä hirvimetsälle loka-marraskuussa. ( Metsästäjän punainen päähine on pakollinen varuste vahingonlaukausten estämiseksi.) Tämä systeemi toimii hyvin, ja ainakin muutamien seuraavien vuosien ajan metsät ja autoilijat ovat paremmassa turvassa.

Kun ei ole muuta liikennettä, autoilija nojautuu rentoutuneesti taaksepäin, aktivoi vakionopeudensäätimen ja antaa auton hoitaa loput. Kunnes tullaan liikenneympyrään. Niinpä niin, liikenneympyrät! Niitä on Suomessa ollut vasta kymmenisen vuotta, ja niissä tehdään suuria ajovirheitä etenkin vilkun käyttämisen suhteen. On hämmentävää, että ennen normaali tienristeys onkin nyt liikenneympyrä, kuten esimerkiksi Jämsään tultaessa. Ennen siinä tapahtui paljon onnettomuuksia, kun autoilijat eivät pysähtyneet ajoissa.

Eräs ystävämme, joka omisti läheisen hotellin ja joka oli Englannissa käydessään ajanut liikenneympyröissä erinomaisesti, painosti kaupunkia rakentamaan sellaisen, jotta kuolonkolarit vähenisivät, eivätkä loukkaantuneet, shokissa olevat ihmiset rynnistäisi hänen hotellilleen. Painostus tuotti tulosta ja liikenneympyrä rakennettiin. Se on hyvin suunniteltu, ja sen keskellä on kivimonumentti, joka edustaa suurta paperirullaa paperitehtaiden alueelle tuoman vaurauden kunniaksi. Mutta siitä hauskuus vasta alkoikin! Hämmentyneet autoilijat eivät tienneet, miten ajaa.

Ei kai suoraan yli, mutta entä ympäri? Vilkku päälle? Mihin suuntaan? Oikealle vai vasemmalle? Me olemme huomanneet, että paras tapa tulla ympyrään on pysähtyä ja mennä vasta kun muita autoilijoita ei ole näkösällä. Muiden aikeista ei koskaan voi tietää kun vilkkua ei käytetä. Olemme nähneet autoilijan tekevän täyden ympyrän ja palaavaan tulosuuntaansa ilman minkäänlaista vihjettä. Kun pitäisi kääntyä oikealle – tai vasemmalle – vilkutetaan juuri väärään suuntaan. Kun pitäisi kääntyä vasemmalle – tai oikealle – pysähdytään puoliväliin ja ajetaankin suoraan.

Jämsän kokoisessa pienessä kaupungissa liikenneympyröiden luulisi olevan ihanteellinen ratkaisu onnettomuuksiin ja liikenneruuhkiin. Ehkä näin jonakin päivänä onkin. Nykyään ne saattaisivat aiheuttaa monta vaaratilannetta, elleivät ihmiset lähestyisi niitä varovaisesti ja alhaisella nopeudella.

Entäs sitten parkkipaikat. Ajettuaan pitkään autiolla tiellä, jossa ainut vaara ovat olleet suoraan eteen leikkaavat iäkkäät autoilijat, jotka sitten jatkavat matkaa etanan vauhdilla, suomalainen autoilija saapuu määränpäähänsä ja joutuu pysäköimään autonsa muiden autojen joukkoon. Syntyy hämmennys, jos parkkipaikalla liikkuu useampi kuin yksi auto. Kaikki pysähtyvät kun eivät tiedä, mitä muut aikovat tehdä tai minne mennä. Syntyy pitkiä epäröinnin ja pelon hetkiä. Meistä tämä on vain hauskaa ja virkistävää, emmekä voi kuin odottaa, mutta mitä nyt muutamasta minuutista. Olemmehan vuosia ajaneet suurkaupunkien kuten Lontoon, Milanon, New Yorkin ja Pariisin ruuhkissa, missä liikenne on mielipuolista. Alamme monen vuoden jälkeen vihdoin oppia suomalaista liikennettä. Suomalainen autoilija on joka tapauksessa joko todella poikkeuksellisen hyvä tai erittäin epävarma ja hidas, ei mitään välimuotoja!

Olemme myös huomanneet, että Suomen maaseudulle on helppo eksyä. Loppukesä on Keski-Suomessa ralliaikaa. Ennen ralli tunnettiin Tuhansien järvien rallina, ja se kiersi kylämme läheltä elokuun viimeisellä viikolla. Nykyään se on Neste Oil Ralli – pääsponsorin Neste Oy:n mukaan, ja se ajetaan aikaisemmin. Rallin aikaan seutu muuttuu uneliaasta, noin 3000 asukkaan kunnasta kihiseväksi ja meluisaksi parkkipaikaksi rallinystäville ja heidän moottoripyörilleen, asuntovaunuilleen, peräkärryilleen ja niin poispäin. Heidän jäljiltään jää aina suunnaton määrä roskaa ja oluttölkkejä.

Olemme kerran, useita vuosia sitten olleet seuraamassa rallia ystävämme Tuomon kanssa. Oli elämys seurata värikkäiden autojen äänekästä menoa, kun ne ohittivat katselupaikkamme maata tärisyttäen, ilman äänenvaimentimia. Tämän rallin täytyy olla ainoa maailmassa, jossa katsojat voivat kävellä pitkin rallipolkuja ja siirtyä syrjään juuri viime hetkellä, kun järjestysmiehen pilli viheltää. Silkkaa hulluutta!

Maan tärähtely antoi vihjeen autojen tulosta, ja ne menivät ohi sekunneissa naurettavan kovaa vauhtia kadoten pöly- ja sorapilveen, toinen toisensa jälkeen, jotkut nopeammin kuin muut. Emme aio mennä katsomaan rallia enää toista kertaa. Minusta se oli epämukavaa, pölyistä ja vaarallista. Parhaat katselupaikat ovat normaalisti mutkissa, juuri siinä, missä auto kaikkein todennäköisimmin ajautuu ulos murskaten katsojat. Riski ja kuolemanvaara ovat varmaan juuri ne elementit, jotka kiehtovat katsojia kuten Pamplonan härkäjuoksussakin Espanjassa.

Eräänä vuonna juuri ralliviikonlopun aikaan päätimme lähteä ajelulle. Se oli erittäin huono päätös. Kuulimme helikopterien pörräävän ilmassa pitäen silmällä aluetta. Varmistimme, ettemme kääntyisi millekään pikkutielle, joka johtaisi starttiin tai maaliin. Ajelimme ympäriinsä miellyttävissä tunnelmissa ja näimme uusia paikkoja mökkeineen ja saunoineen keskellä metsiä, jotka olivat kauneimmillaan loppukesästä.

Paluumatkalla päätin valita pikkutien, ja olin varma suunnasta, kun äkkiä näkyviimme tuli kaikenikäisiä ihmisiä istuskelemassa talojensa kuisteilla, nojaten aidanpieliin rupatellen rennosti oluttölkki kädessään ikään kuin odottaen jotain tapahtuvaksi. He eivät varmastikaan odottaneet meitä. Asia koski takuulla rallia eikä vanhemmanpuoleista englantilaispariskuntaa lauantai-ajelulla, joten ajoimme ohi vilkuttamatta.

Äkkiä tie kapeni ihmisiä täynnä olevaksi poluksi. Kaikki kävelivät samaan suuntaan, ja pian meidät pysäytti viralliselta vaikuttava nuori mies, jolla oli keltainen huomioliivi yllään. Hän pyysi meitä pysäköimään pitkän autojonon päähän, tien viereen, vasen puoli vaarallisen lähelle ojan reunaa.   Emme millään päässeet eteenpäin. Kaksi muuta virallisen näköistä nuorta järjestysmiestä kertoi meille syljeksimisen lomassa heikolla englannilla, että rallin startti oli juuri tämän tien päässä, ja ettemme voineet liikahtaakaan ennen kuin kaikki ralliautot olisivat menneet ohi. He eivät suostuneet pyyntöihimme saada ajaa edes takaisinpäin. Celialla oli ollut mielessään aikainen illallinen, ja me halusimme vain palata kotiin.

Meidän jälkeemme tuli muita autoja, ja jono takanamme piteni koko ajan, joten olimme toivottomasti jumissa. Yritimme useasti vedota jompaankumpaan nuoreen "vastaavaan", radiopuhelinta pitävään järjestysmieheen, mutta meille sanottiin tiukasti, että ralliautot alkaisivat nyt saapua paikalle, emmekä voisi lähteä ennen kuin ne kaikki olisivat starttipaikalla. Alistuimme tosiasioiden edessä tietäen, että lyhyestä, mukavasta ajelusta oli nyt tullut pitkä ja väsyttävä iltapäivä, varsinkin kun ralli ei kiinnostanut meitä.

Neljä tai viisi kaikissa sateenkaaren väreissä olevaa, kaikkien kuviteltavissa olevien sponsorien ralli-autoa ajoi hitaasti ohi saaden aikaan hirmuisen metelin. Ajajat eivät lainkaan huomanneet meitä, mikä tuntui hieman loukkaavalta, semminkin kun heidän urheilulajinsa oli ottanut meidät panttivangeikseen. Ja sitten, aivan yhtäkkiä ilman mitään selityksiä muutaman radiopuhelinviestin jälkeen "päävastaava" sanoi auttavansa meitä kääntämään automme kapealla tiellä ja voisimme ajaa takaisin sillä ehdolla, että ajaisimme hyvin hiljaa nelivilkut päällä ihan tien reunassa, sillä kilpailijoita oli vieläkin tulossa.

Ei ollut helppoa kääntää pientä Nissaniamme rajallisessa tilassa, mutta nuo kaksi nuorta järjestysmiestä olivat hyvin avuliaita ja parin lisäsylkäisyn ja muutaman englanninkielisen lauseen jälkeen he heiluttivat peräämme. He olivat ilmeisesti varoittaneet jonnekin, että englantilainen pariskunta ajaisi ralliautoja vastaan.

Ajoin niin lähellä tien reunaa kuin mahdollista, niin hitaasti kuin mahdollista nelivilkut päällä, mutta kun kaksi tai kolme ralliautoa tuli meitä alhaisella nopeudella vastaan täytyy myöntää, että tunsin oloni kovin epämukavaksi. Ajatus siitä, että olisin maailmanmestarin tientukkeena hänen ajaessaan starttiin, ei parantanut asiaa. Olin hyvin helpottunut, kun tulimme oikeaan tienhaaraan ja käännyimme kotiinpäin.

Olen varma, että jossakin seuraavan päivän lehdessä täytyi olla juttu pienessä, harmaassa Nissanissa ajaneesta englantilaispariskunnasta, jotka melkein kilpailivat sellaisia suurnimiä vastaan kuin Tommi Mäkinen ja Colin McRae.

Olimme tutustuneet Aulikkiin hänen ensimmäisessä kesäisessä taidenäyttelyssään heidän ihastuttavalla, vanhalla metsätilallaan monta vuotta sitten. Olimme tulleet Aulikin kanssa erinomaisesti toimeen heti ensi kohtaamisesta lähtien lämpimänä elokuun päivänä. Olimme kävelleet muiden vierailijoiden mukana puutarhassa hänen ulkorakennuksiin sijoiteltuja taulujaan ihaillen. Hänestä oli ihanaa, että Englannista saakka tultiin hänen pieneen näyttelyynsä. Hän puhui koulupuhtaasti erinomaista englantia, mikä on tyypillistä hyvin koulutetulle, täydellisyyteen pyrkivälle ihmiselle. Hän oli pitkä, vaalea ja paljain jaloin. Hänestä huokui tiettyä siirtomaahenkeä asuttuaan Yhdysvalloissa, Brasiliassa, Sveitsissä ja Afrikassa. Hänessä oli yhdistelmä epävarmuutta ja itseluottamusta, minkä ansiosta hän oli hyvin miellyttävä ja mielenkiintoinen. Meistä tuli ystäviä, ja laskemme hänet ja hänen miehensä edelleen parhaiden suomalaisten ystäviemme joukkoon.

Kerran he kutsuivat meidät yhdessä muutamien muiden kanssa laulamaan joululauluja. Emme tienneet mitä odottaa, sillä joulu oli mennyt jo viikko sitten. Tiesimme, että suomalaiset rakastavat yhteislaulua. Tiesimme, että he laulavat mielellään häissä ja hautajaisissa ja päivällisillä. Olimme olleet ravintoloissa, joissa omistaja alkoi spontaanisti laulaa kaunista kansanlaulua tippaakaan nolostumatta. Tiesimme, että laulaminen yhdistää suomalaisia.

Saavuimme pakkasillassa Aulikin luo ajettuamme mäkistä tietä ylös ja alas. Useita autoja oli jo parkissa tien vieressä. Talo oli lämmin ja kutsuva. Ihmiset istuivat isossa tuvassa puupenkeillä, jotka olivat hioutuneet kiiltäviksi vuosikymmenien käytöstä. Kuljimme ympäri tervehtien jokaista ja esitellen itsemme. Sitten meille ojennettiin Aulikin tekemät yhteislaulumonisteet.

Aloimme laulaa Aulikin langon säestäessä kitaralla. Tunnistimme monet tutuista ja tunnetuista joululauluista. Toiset laulut olivat kansanlauluja kertoen koettelemuksista ja kuluttavasta metsätyöstä, jotkut laulut taas muistelivat sota-aikoja ja menehtyneitä rakkaita. Oli myös iloisia lauluja lasten leikeistä ulkosalla, paljasjaloin, sillä välin kun tuvan suuressa leivinuunissa paistui ruisleipä. Useimmat laulut olivat meille outoja, mutta myös tutut joululaulut kuulostivat erilaisilta suomeksi laulettuina. Yritimme parhaamme mukaan lukea monisteista laulujen sanoja ja seurata säveltä vain huomataksemme, että toiset olivat jo paljon meitä edellä, kun me vielä taistelimme yksittäisten sanojen vokaalien ja konsonanttien kanssa. Se oli hauskaa, ja meillä oli mukava ilta. Suomalaiset rakastavat yhteislaulua.

Sittemmin olemme monesti osallistuneet Aulikin yhteislauluiltoihin, niistä on tullut vuosittainen tapahtuma, ja ihmisiä tulee Helsingistä asti. Aulikin lanko on saanut seuraa toisista muusikoista, ja laulumonisteista on tullut paksumpia ja tasokkaampia. Suomalaiset sanat eivät ole muuttuneet, ja taistelemme yhä pysyäksemme muiden mukana. Meillä on aina hauskaa, ja jotenkin monien vuosien jälkeen meistä tuntuu, että kuulumme täysin joukkoon ja ymmärrämme yhteislauluiltojen hengen. Laulaminen on tärkeä suomalaisia yhdistävä tekijä.

Suomessa kaksi tärkeintä harrastusta ovat laulu ja tanssi sekä myös runonlausunta. Ne ovat tapa liittyä sukupolvien ketjuun. Eräänä kesäpäivänä vuosia sitten liityimme paikallisten seuraan bussimatkalle ympäri Keski-Suomea. Useimmat meistä olivat eläkeläisiä – niin, täytyy myöntää, että mekin olemme nykyään eläkeläisiä – osan heistä tunsimme, toiset olivat uusia kasvoja. Kaikki olivat ystävällisiä ja miellyttäviä huolimatta tavanomaisista vakavista ilmeistä. Minulla ei ole aavistustakaan, kuka matkan järjesti; meille se oli retkipäivä ja tilaisuus tutustua uusiin kohteisiin. Bussikuski tuntui seuraavan tiettyä logiikkaa, ja pysähdyimme ensimmäiseksi eräänlaiseen ulkoilmanäyttelyyn paikallisen taiteilijan luona. Paikka oli ihastuttava ja tontti uskomaton. Taideteokset – puiset karhut ja kotkat siroteltuina kasvien ja kukkien joukkoon – eivät olleet, mutta saimme pullakahvit ja mahdollisuuden tutustua kanssamatkustajiimme.

Seuraavaksi pysähdyimme vanhalle nahka- ja kenkätehtaalle ja sitten Kalelaan, erämaa-ateljeehen, joka on lähes pyhiinvaelluskohde puhuttaessa suomalaisesta taiteesta 1800-1900-lukujen taitteessa. Rakennus oli uskomattoman vaikuttava pyöreine puupylväineen, ulokkeineen ja halkeamineen, ja sieltä oli mitä kaunein näkymä alas järvelle. Talo vaikutti myös hieman alakuloiselta ja arvoitukselliselta, mikä heijastui muutamista isoista maalauksista, jotka kuuluisa taiteilija Akseli Gallen-Kallela oli maalannut. Jotkin seinillä olevat työt kuvasivat Kalevalaa, sotaa ja kuolemaa pelottavine hahmoineen. Vapaamuurarius oli selvästi vaikuttanut joihinkin töihin, jotka olivat täynnä symboliikkaa ja arvoituksia. Näin meille kertoivat taitelijan lapsenlapsi sekä lapsenlapsenlapsi, jotka erittäin ystävällisesti valottivat meille kuuluisan esi-isänsä elämää.

Sen jälkeen pysähdyimme lyhyesti Runebergin lähteelle. Runeberg on suomalaisen kirjallisuuden arvostetuin runoilija, kansallisrunoilija. Hänen patsaansa on pystytetty Helsinkiin keskelle Esplanadin puistoa, ja Runebergin päivä on merkitty kalenteriin kansalliseksi liputuspäiväksi.

"Lähde" on käytännössä vain pieni lampi, jossa pulppuaa luonnonlähde, mutta se on eräänlainen kansallinen symboli. Jo se, että Runeberg seisoi tai istui lammen äärellä runojaan kirjoittaen, on suomalaisille tärkeä asia. Siinä me seisoimme, kaikki 20 ihmistä, tuijottaen lammen syvyyksiin, kun joku otti esille Runebergin runokirjan ja alkoi lukea. Se tuntui yhtä aikaa epätodelliselta ja liikuttavalta: ryhmä vanhemmanpuoleisia ja keski-ikäisiä ihmisiä kokoontuneena lammen ympärille varjoisassa metsässä kuunnellen hiljaisuuden vallitessa kansallisrunoilijan säkeitä.

Takaisin ajaessa laulettiin muutamia tuttuja lauluja, ja nainen, joka ilmeisesti oli järjestänyt matkan, piti pienen puheen kiittäen kuljettajaa turvallisesta matkasta. Kaikki taputtivat, ja kuskille kerättiin pieni rahasumma kiitollisuuden eleenä. Vallitsi yhteishenki, ja tunsimme olevamme osa tätä pientä joukkoa.

Katsoimme säännöllisesti televisiosta "Tammerkosken sillalla"-yhteislauluohjelmaa. Yleisö koostui kaikenikäisistä ihmisistä, lapsiperheistä, turisteista ja paikallisista asukkaista. Joskus heillä oli yllään järjestäjien antamat kertakäyttösadetakit sadekuurojen varalta. Se näytti hassulta, mutta oli erittäin käytännöllistä, koska ne voi riisua heti kun sää jälleen selkeni. Juontaja oli suosittu henkilö, iloinen ja viihdyttävä, eikä hänellä koskaan ollut mitään vaikeuksia saada yleisö keinumaan ja laulamaan musiikin mukana.

Laulujen sanat oli aina tekstitetty, ja mekin yritimme seurata niitä nojatuoleistamme, mutta emme onnistuneet lukemaan pitkiä sanoja – emmekä aina lyhyitäkään – ja jäimme aina vain enemmän jälkeen. Se oli hupaisaa. Kaikki näyttivät viihtyvän yhteislaulun parissa, satoi tai paistoi. Kaikki tunsivat olevansa suomalaisia.

Tanssiminen on toinen laji, jota vanhat ja nuoret harrastavat lähes missä tahansa. Kun ajaa maaseudulla, varsinkin perjantai-iltana, on hyvin tavallista nähdä autoja parkissa pellon laidalla, ladon vieressä. Vanha rakennus on herännyt eloon, siellä soittaa paikallinen orkesteri ja on tanssit. Parit tanssivat "vanhaan malliin", mies vie toinen käsi naisen vyötäröllä, toinen käsi ojentuneena naisen käden kanssa. Ei mitään rock´n rollia eikä räppiä, vaan tangoa, humppaa, hidasta valssia, foxia ja niin edelleen. Rakennus on aina täynnä ihmisiä, ja parit puristuvat toisiaan vasten, jotkut rytmin mukana ja jotkut täysin epätahdissa, mutta ei se haittaa. Kaikki tanssivat ja tuntevat olevansa suomalaisia.

Celia ei ole koskaan pitänyt perinteisestä tanssista, ja minä puolestani rakastan sitä. Tanssin ensimmäisen kerran aivan vaistomaisesti kun olin noin 15-vuotias. Se tapahtui Toscanan kukkuloilla pienessä kylässä. Vietin kesälomaa koulukaverini luona, ja hänen vanhempansa päättivät kutsua ystävänsä syömään, juomaan ja tanssimaan. Ystävät toivat omat poikansa ja tyttärensä mukanaan. Keräsin rohkeuteni ja pyysin erästä sievää, Berta-nimistä tyttöä tanssimaan, kappaleen nimi oli "Scandal in the sun", suosittu melodia 60-luvun alussa.

Olen varma, että tanssiaskeleeni olivat hyvin omituiset, mutta Berta ja minä tunnuimme liikkuvan hyvin yhdessä musiikin tahtiin. Se oli ihanaa. En yhtään tiedä, mitä Bertalle tapahtui sen kesän jälkeen, muistan vain, että hän oli paikallisen pankinjohtajan tytär.

Kun Celia astui elämääni, onnistuin saamaan hänet muutaman kerran tanssilattialle, ja jopa tunnustin hänelle rakkauteni silloin tunnetun sävelmän "Lion sleeps tonight" soidessa taustalla. Luulen, että se oli myös viimeinen kerta kun tanssimme Celian kanssa yhdessä, hän taisi järkyttyä niin paljon rakkaudentunnustuksestani!

Kävimme hiljattain Einon ja Pirkon kanssa Tampereella. Syötyämme lounasta päätimme juoda kahvit pienessä paikassa, joka näytti yhtä aikaa sekä trendikkäältä että boheemilta. Siellä oli kahvitiski toisessa päässä ja muutamia pöytiä siroteltuina lattialla ja hyllyillä olevien kasvien lomaan. Jotkut kasvit näyttivät tutuilta ja "suosituilta" maailman kaikissa hippiyhteisöissä, mutta ehkä ne olivat vain koristeena. Taustalla soi musiikki. Nuori pariskunta, joka näytti hypänneen suoraan sodanvastaisesta julisteesta, söi pastaa viereisessä pöydässä. Tyttö vilkaisi monesti hymyillen meidän pöytäämme, kun joimme kahvia ja naureskelimme leppoisissa tunnelmissa.

Äkkiä Eino nousi ylös, ojensi kätensä Pirkolle ja kutsui hänet tanssiin. He liikkuivat pienellä lattialla pöytien lomassa muutaman minuutin nuoren parin – ja meidän – iloksemme ja tulivat sitten takaisin pöytään juomaan kahvinsa loppuun, ikään kuin tanssiminen olisi ollut maailman luonnollisin asia siinä välissä.

Suomalaiset rakastavat tanssimista.

En ole koskaan nähnyt kenenkään syövän niin nopeasti kuin suomalaisen. Omat lounas- ja päivällisaikamme eivät koskaan ole samaan aikaan kuin heidän, eikä ruokamme ole samanlaista.

Olemme nähneet suomalaisten syövän milloin missäkin – hampurilaispaikassa tai miellyttävässä ravintolassa pikkukaupungin keskustassa. Mitä tahansa he listalta valitsevatkin, se niellään niin nopeasti kuin mahdollista. Syöminen ei näytä olevan nautinto kuten esimerkiksi Kreikassa, Italiassa, Ranskassa tai Espanjassa (Englanti liittyy kohta tähän listaan, kunhan keittiöpäälliköt ovat saaneet lyötyä läpi sen tosiseikan, että ruoka on muutakin kuin kalaa ja ranskalaisia tai perunamuusia ja makkaroita). Kuinka ihmiset saadaan nauttimaan ruuasta, jos halu hyvänmakuiseen ruokaan ei kuulu heidän elämäänsä?

Ruoka on perinteiden, tapojen, ilojen ja surujen, tuulien, auringon ja kuun, juhlien ja tragedioiden, uskonnon, perhetraditioiden ja historiallisten tapahtumien sekä maailmanlaajuisten katastrofien summa. Ruoka on muutakin kuin ruumiin ravintoa säännöllisin väliajoin, siitä tulee nauttia.

Helsingin muodikkaat julkkikset näyttävät samoilta kuin muissakin maailman suurkaupungeissa, he nauttivat hyvistä viineistä ja hyvin valmistetusta ruuasta, olkoonpa se sitten etanoita Strindbergillä tai kalalautanen Fishmarketissa, tai mikä tahansa hyvin pieni annos ravintola Sipulissa, joka sijaitsee

Uspenskin katedraalin vieressä. Samppanja on suosikkijuoma, ja ihmiset ovat kauniita. Hotelli Kämpin ravintolassa on aina kiire kuten muissakin keskustan ravintoloissa, esimerkkeinä erinomainen ravintola Juuri tai Chez Dominique sekä moderni Grillit tai Olo. Olemme käyneet lukemattomissa hyvissä ravintoloissa sekä Helsingissä että joissakin etelärannikon kaupungeissa, ja olemme syöneet kaikenlaista loistavaa ruokaa ateriastaan nauttivien suomalaisten ympäröiminä.

Ystävien ansiosta olemme tutustuneet moniin uusiin ravintoloihin Helsingin käynneillämme. Joissakin on ollut kansainvälinen tunnelma, monissa hyvin suomalainen, toisissa myös hyvin eksoottinen kuten ravintola Saslikissa. Se on tummasävyinen ja ylisisustettu ravintola, joka tarjoaa lämpimän ja äänekkään venäläisen atmosfäärin laulajan ja balalaikka-musiikin kera. Mutta Helsinki on Helsinki; kansainvälinen kaupunki, joka kuten muutkin kansainväliset kaupungit huolehtii hyvin vieraistaan ja omista asukkaistaan. Helsingin, Tampereen, Turun ja Porvoon ulkopuolella ruoka on yleensä vain lautasella oleva annos. Näyttäisi siltä, että isoäidin keittotaidot ovat unohtuneet, niin myös Kalakukko (mahdottoman lihottava ja rasvainen, mutta herkullinen kalaruoka ruistaikinakuoressa) tai läskisoosi (100 % kolesteroliruiske, mutta silkkaa nautintoa) tai voileipäkakku, joita ennen tarjottiin isossa tuvassa.

Suomalaiset istuutuvat pöytään ja syövät. Tarkoitan, että he pureskelevat suuhunsa laittaman ruuan niin nopeasti kuin mahdollista, ikään kuin maailmanloppu olisi lähellä. He eivät maista ruuan makua, he nielevät ja sulattavat sen ja nousevat pöydästä tuntien saaneensa päivän energia-annoksen.

Nälän tyydyttämisen tarve ei ole muuttunut siitä, kun suomalainen asui metsissä joutuen tyytymään siihen, mitä oli saatavilla, tietäen, että ruoka voitiin aina varastaa tai että sitä ei ehkä huomenna olisi. Pienissä kylissä ja kaupungeissa, missä oikeat ihmiset asuvat ja noudattavat perinteitä, ruoka on yhä tarve, ei nautinto.

Ruokakulttuuri on kuitenkin nyt alkanut kukoistaa. Suomesta on tullut muutamia hyvin luovia ja päteviä keittiömestareita, jotka lukuisissa televisio-ohjelmissa ovat alkaneet osoittaa, että ruokailu on muutakin kuin vain tekninen laji. Vanhoilla tavoilla ja perinteisillä työskentelymenetelmillä on myös sijansa kun ne vain hyväksytään ja niitä ymmärretään.

Jotkut ruokakulttuurin vaalijat ovat perustaneet pieniä ravintoloita joskus jopa metsän keskelle tai maatiloille, ja tarjoilevat laiminlyötyä perinneruokaa yrittäen elvyttää esi-isien keittotaidot. Nämä ihmiset ovat harvassa, mutta jotkut ovat onnistuneet. Meillä on onnea, sillä yksi tällaisista paikoista sijaitsee lähellä meitä, Himoksella, joka on yksi Suomen tunnetuimmista hiihtokeskuksista. Ravintola Patapirttiä johtaa Tarja, eloisa kulinaristi, jonka ruokalista perustuu paikallisiin tuotteisiin. Olemme säännöllisesti nauttineet hirvi- tai poropaistia tai kalakeittoa, joka on valmistettu isoäidin reseptin mukaan. Olen iloisena pannut merkille, että yhä useammat suomalaiset ovat alkaneet arvostaa tilan laadukasta ruokaa, tunnelmaa sekä paikallista lihaa, marjoja ja viiniä.

Yleensä noin kello 11.00 suomalaiset syövät pikaisen lounaan tai kahvin ja sämpylän, tai jos ovat oikein seikkailutuulella, lämpimän piiraan ja kahvin. Sen voimin jatketaan päivälliseen asti. Silloin ruokana on yleensä keittoa tai perunaa ja leipää. Saunan jälkeen syödään kiuasmakkaraa oluen kera.

Jotkut ystävistämme näyttävät elävän pelkällä keitolla ja leivällä, tai perunalla ja salaatilla siitä huolimatta, että saatavilla on niin paljon muutakin. Mekin olemme nauttineet tällaisista aterioista ja poistuneet pöydästä kylläisinä; se oli juuri tarkoituskin metsien köyhyydessä ja ankarissa olosuhteissa. Ihmettelen vain – enkä ole terveysruokaintoilija – johtuvatko niin monet sydän- ja verisuonitaudit tästä oudosta ja yksipuolisesta ruokavaliosta. Se on perua ajoilta, jolloin ruokaa oli vaikea löytää ja talvisin sitä oli lähes mahdotonta ostaa tai kasvattaa lumipeitteen takia. Keittoa valmistettiin suuri padallinen ja sitä syötiin koko seuraava viikko. Ruuasta piti saada kaloreita, jotta ruumis toimisi vaativissa sääolosuhteissa.

Eino ja Pirkko ovat pääosin huolehtineet siitä, että olemme saaneet tutustua upeisiin suomalaisiin perinneruokiin, mutta ne kaikki perustuvat perustarpeen, nälän, tyydyttämiseen nopeasti ja vähin kustannuksin, jotta selvittäisiin seuraavan päivän raadannasta. Kala, leipä ja perunat olivat pääruuat. Maku ja laatu olivat sivuseikka.

Suomalaiset perunat ovat aihe, josta voisin puhua paljonkin. Niissä on makua ja koostumus, joka perunoista muualla tuntuu kadonneen kuin tuhka tuuleen. Ehkä Celian keittotaidoilla on asian kanssa jotain tekemistä, mutta suomalaiset perunat ovat omaa luokkaansa. Perunamuusi, valkosipuliperunat tai keitetyt perunat – kaikki ovat suorastaan taivaallisia. Olemme jopa oppineet kuorimaan ne pöydässä veistä ja haarukkaa käyttäen. Meille sanottiin, että perunankuoriminen on tärkeä suomalaisuuden testi. Taito opetetaan lapsille jo pienestä pitäen ja se täytyy hallita kunnolla. Perunankuorinta on suomalaisille eräänlainen aikuistumisriitti.

Perunat ovat ihania, samoin kala. Ennen en syönyt kalaa lainkaan, lapsuudessani kala ei ollut "oikeaa" ruokaa. Se oli mautonta, mielikuvituksetonta ja täynnä ruotoja. Aloin syödä kalaa Suomessa siitä lähtien, kun Juhani ja Iris veivät meidät saarelleen ja savustivat kalaa avotulella. Nautimme suuresti istuessamme halkaistusta tukista tehdyn karkean pöydän ääressä. Savukala tarjoiltiin yksinkertaisesti perunoiden ja yrttien kera. Kalassa oli pieniä ruotoja, mutta ne pystyi nielemään ongelmitta. Ruoka maistui järveltä, puhtaalta koivuntuoksuiselta ilmalta. Herkullista.

Siitä lähtien kala on maistunut minulle. Olen syönyt sitä keitettynä nuotion yllä saarenrannassa, tillin, hapankerman ja perunoiden kera (perunoita saa kaikkialta), sekä savustettuna. Meillä on tietysti onnea, kun naapurimme on kalastaja. Hän lähtee joka ilta Päijänteelle kahdella veneellään, joissa on tutkat ja sonarit ja muuta mitä sitten tarvitaankin saaliin löytämiseen ja palaa illan myöhäisinä tunteina työskennellen aamuun asti varmistaakseen, että saalis toimitetaan tuoreena liikkeisiin ennen niiden aukeamista.

Joinakin iltoina, kun katselemme järvelle ennen nukkumaanmenoa, voimme nähdä Jorman veneiden valojen ilmaantuvan mökkimme edessä olevan saaren takaa hänen palatessaan kotiin. Valot kiiltelevät kuin kelluvat joulukuusenkoristeet. Saalis puretaan, lajitellaan, suomustetaan ja perataan koneellisesti ja pakataan styroksilaatikoihin kylmävarastoon odottamaan aamun toimituksia. Joskus ostamme kalaa suoraan kylmävarastosta, usein myös pienestä kojusta, jota Jorman vaimo tai tyttäret pitävät kylässä kesäkuukausina. Kala on aina täysin tuoretta.

Jorma kalastaa aina, myös talvella. Alkutalvesta, kun jää ei ole liian paksua, hänen veneensä pystyy murtamaan jään ja ajamaan syvemmille vesille, joissa kalat piileskelevät. Myöhemmin, kun jääpeite on liian paksu, hän tekee jäähän aukkoja, joista pudottaa verkot ja tarkistaa saaliin säännöllisin väliajoin. Hän tekee jäähän aina neliönmuotoisen reiän melko lähelle venevajaa, ja peittää sen vanerilevyllä. Aivan kuten minä teen avannon lähelle rantaa pulahtaakseni veteen saunan jälkeen. Kun jää on liian paksua, en pysty tekemään avantoa, ja toivon vain, että hanki olisi tarpeeksi paksua lumessa kierittelemiseen, jotta kallisarvoiset ruumiinosani eivät naarmuuntuisi!

Jorman avanto on kuin jääkaappi, ja sitä ei koskaan päästetä jäätymään. Avannossa on pyöreä, syvälle ulottuva kalaverkko; sinne ui lohta, haukea, siikaa, lahnaa ja joskus satunnainen taimen. Niistä Jorma sitten valitsee kalan asiakkaalleen. Hän tappaa kalan lyömällä sitä nopeasti puukapulalla päähän, viiltää maha auki, perkaa ja jättää perkuujätteet jäälle. Saalistajat kyllä puhdistavat paikan.

Kerran syksyllä saimme eräältä ystävältä rapuja. Ne olivat vielä harmaita ja lähes läpikuultavia, juuri pyydettyjä. Vasta-alkajasta on epämieluisaa käsitellä näitä pieniä, ryömiviä otuksia. Pian pudotimme ne padassa kiehuvaan veteen, ja niiden väri muuttui kirkkaanpunaiseksi kuten kuuluikin. Ne maistuivat ihanilta! Siksi ostimme koottavan rapumerran, jonka laskimme veteen laituriltamme ja toivoimme saavamme muutaman rapuaterian.

Meille oli kerrottu, että ravustaminen on helppoa eikä mikään voisi mennä pieleen.

Merran kokoaminen oli oma projektinsa. Kaksi munuaisenmuotoista osaa eivät pysyneet yhdessä, ja minusta tuntui, että minulla olisi pitänyt olla neljä kättä saadakseni osat kohdalleen. Noin kahden tunnin (ja värikkään kielenkäytön) sekä muutaman terävän raapaisun jälkeen merta oli valmis ja näytti hyvältä. Kiinnitin siihen köydenpätkän ja laskin sen veteen laiturin viereen. "Asiantuntija"-ystävien mukaan siinä olisi paras paikka. Englannista vieraisilla olleet tyttärenpoikamme olivat otettuja.

Tarkistin merran säännöllisesti nostamalla sen ylös ja kerran löysin siitä siian. En rapuja. Kolmen päivän kuluttua siika oli jotenkin onnistunut pakenemaan, eikä yksikään rapu ollut ryöminyt sisään. Surullinen ja tyhjä merta nostettiin vedestä syksyllä ennen kuin lensimme takaisin Englantiin. Tarkistin useilta henkilöiltä, että merta oli koottu oikein, ja kaikki vakuuttivat sen olevan kunnossa. Suhtaudun vieläkin ynseästi niihin ystäviin, jotka väittävät, että he saavat rapuja yhdellä ainoalla nostolla. En usko heitä. Tai sitten olen itse toivoton, mitä tulee ravustukseen.

Kaiken kaikkiaan käsityksemme suomalaisesta ruuasta on erinomainen, kun ruoka on perinteistä, eikä hampurilaisia tai ranskanperunoita tai vain pullaa ja leipää. TV:n monet kokkiohjelmat rohkaisevat ihmisiä palaamaan juurilleen ja keksimään, että vanhat, edulliset ruuat ovat suurta herkkua ja voivat nykyään olla myös hyvin muodikkaita. Perinne sen tekee. Joskus tuntuu myös hyvältä olla vastarannankiiski ja vähät välittää kolesterolista ja korkeasta verenpaineesta, joista nykyään niin paljon puhutaan. Maku on pääasia, ja voimmehan joka tapauksessa kuolla huomenna!

Taidenäyttelykausi alkaa joka vuosi heinäkuussa. Jopa pienissä kylissä, jollaisessa itsekin asumme, tuntuu olevan paljon taiteilijoita. Jotkut ovat koulutettuja ja tunnettuja, useimmat itseoppineita ja innokkaita. Kaikki he avaavat puutarhansa ja talonsa yleisölle tai varaavat paikan kirjastosta, koululta tai kunnantalolta esitelläkseen ylpeänä töitään.

Olemme olleet useissa näyttelyissä ja tavanneet joka vuosi samat vierailijat. Tuntuu kuin ihmiset haluaisivat kuulua tähän tiettyyn ryhmään, vaikka heitä eivät maalaukset tai veistokset kiinnostaisikaan. Näyttelyissä täytyy käydä, sillä paikallinen taiteilija on myös ihmisiä yhdistävä tekijä suomalaisessa kulttuurissa, vaikka sen historia onkin lyhyt. Vasta 1800-luvun lopulla taiteilijat kuten Sibelius, Gallen-Kallela, Wickström ja Halonen alkoivat tuottaa mestariteoksiaan järvelle avautuvissa suurenmoisissa ateljeissaan.

Suomen taidehistoria on yhtä lyhyt kuin kansan historia. Mitään ei tapahtunut ennen 1800-luvun loppua, jolloin muutama poliittisesti suuntautunut, melko rikas mies alkoi elää kuten Kultahatun Gatsby, rakensi mahtavia studioita ja taloja, vietti aikaa yhdessä lähinnä juoden ja yleisesti hauskaa pitäen, mutta myös maalaten, veistäen, säveltäen ja taloja suunnitellen. Halonen näyttää olleen poikkeus heidän varakkaassa, hieman rappeutuneessa ja hedonistisessa elämäntavassaan. Pekka Halonen oli 8 lapsen isä ja taisteli tiensä vaatimattomista olosuhteista Pariisiin ja kansainväliseen kuuluisuuteen tuotettuaan valtaisan määrän töitä ja pysyteltyään erossa elostelijoista.

Kaikilla heillä oli monta lasta, usein lehtolapsiakin, ja jotkut jopa vaihtoivat vaimoja työparinsa kanssa, kuten kuuluisa arkkitehti Eliel Saarinen, joka kahden kollegansa kanssa rakensi Hvitträskin Kirkkonummelle, Helsingin lähelle. Kaikki jaettiin: juhlat, tennisottelut, päivälliset ja vaimot. Kaikilla oli aktiivinen rooli sen ajan politiikassa. Oli punaiset ja valkoiset, orastava suomalaisuus ja vapaamuurarius, joka Gallen-Kallelan kohdalla näkyy jopa hänen töissään, kuten aiemmin totesin.

Kaikissa kesän taidenäyttelyissä tarjotaan kahvia ja pullaa, joita suomalaiset eivät voi vastustaa. He rakastavat kahvia ja juovat sitä mahdottoman paljon, mutta vielä enemmän he siitä pitävät, jos se on ilmaista, olkoonpa se sitten taidenäyttelyssä tai uuden kaupan avajaisissa.

Ystävämme pitää eleganttia lahja- ja huonekaluliikettä läheisessä kaupungissa. Silloin tällöin kun on merkkitapaus, hän ilmoittaa paikallislehdessä pienestä juhlatilaisuudesta, johon kaikki ovat tervetulleita. Tilaisuus alkaisi tiettyyn kellonaikaan aamulla jolloin vieraille tarjottaisiin kahvia ja pullaa. Tämä on mukava pieni myynninedistämis- ja mainoskikka. Mainitsin aiemmin, kuinka täsmällisiä suomalaiset ovat, ja näihin juhlatilaisuuksiin he tulevat jopa hieman ajoissa, innokkaina odottamaan ovien aukeamista ja kahvipöydän antimia. Ystävämme mukaan vain pieni osa vieraista on kiinnostunut esillä olevista tuotteista. Useimmat juovat pari kuppia kahvia ja syövät pari pullanpalaa ja lähtevät sitten sanoen vain näkemiin.

Taidenäyttelyihin siis mennään, toinen toisensa perään tietyllä aikataululla, joka muistuttaa minua tyypillisestä amerikkalaisperheestä Euroopan vierailullaan: "tänään on tiistai, joten olemme varmaan Berliinissä, koska olimme eilen Pariisissa". Päivän päätteeksi mennään kotiin mahat täynnä kahvia ja pullaa, lämmitetään sauna, syödään makkaraa ja juodaan olutta. Velvollisuus on täytetty.

Suhteessa siihen, että Suomessa on vain reilut 3 miljoonaa aikuista, maassa on merkittävä määrä taidegallerioita ja museoita. Lähes kaikki käyvät niissä uskollisesti, jotta eivät unohtaisi menneisyyttään tai lakkaisi tuntemasta ylpeyttä suomalaisuudestaan.

Jotkut "museot" ovat vain yksinkertaisesti maataloja, joihin on päätetty laittaa esi-isien työkaluja esille. Jotkut ovat kokonaisia kauniisti entisöityjä kaupunginosia, missä puutalot ja muistuttavat lähimenneisyyden oloista (kuten Turussa Luostarinmäellä, missä käsityöläiset yhä pitävät pajojaan, ja tasokas esite kertoo työläisperheiden elämästä viime vuosisadalla). Jotkut ovat lähes pyhiinvaelluskohteita, ne ovat kansan taidehistorian merkkipaaluja sekä näyttäviä muistomerkkejä intohimoisille, rohkeille - ja varakkaille - taiteilijoille, jotka elivät erilaista elämää ja jättivät jälkensä suomalaiseen kulttuuriin. Näistä esimerkkeinä mainitsen jälleen Kalelan erämaa-ateljeen sekä Hvitträskin. Molemmat ovat näkemisen arvoisia kohteita, jo sijaintinsa - molemmat on rakennettu kallioiseen maastoon korkealle niemelle - saati taideteoksiensa vuoksi. Molemmissa on arvoteoksia miehiltä, jotka elivät ja hengittivät uutta aikaa Suomen historiassa ja poliittisen kuohunnan keskellä, ja jotka ensi kerran laittoivat Suomen taiteen maailmankartalle.

Kerran kun olimme palaamassa Savonlinnan vuosittaisilta oopperajuhlilta – olimme nähneet ja kuulleet Verdin Aidan – teimme pienen lenkin ja kävimme Retretissä, yhdessä Suomen tunnetuimmassa taidekeskuksessa. Oli kuuma kesäpäivä, ja meillä oli vaikeuksia saada auto pysäköityä varjoon, sillä paikka oli täynnä vierailijoita. Savonlinnan oopperajuhlat heinäkuussa houkuttelevat ihmisiä joka puolelta maailmaa. He levittäytyvät Etelä-Suomeen ja saapuvat myös Retrettiin, joka on Savonlinnasta vain vähän matkan päässä.

Kävimme Savonlinnassa sinä vuonna ensimmäisen kerran. Menimme sinne ystävien kanssa, jotka esittelivät meille pari paikkaa matkan varrella, kuten talvisodan taistelulinjan sekä Venäjän rajan vanhan Karjalan tien varrella, sekä Imatran ja Lappeenrannan sekä kuuluisan Saimaan saaristoineen ja saaristolaivoineen. Savonlinna on viehättävä pikkukaupunki Suomen suurimman järven, Saimaan, rannalla.

Savonlinnan väkiluku lähes kaksinkertaistuu oopperajuhlien aikana. Silloin on melkein mahdotonta saada majoitusta kohtuuhintaan. Toisella vierailullamme päädyimme asumaan paikkaan, jossa ikkunallisessa huoneessamme oli kaksi sänkyä sekä kaksi yöpöytää paljaalla laattalattialla. Meillä oli myös pari pyyhettä. Seudun kaksi tai kolme hyvää hotellia varataan täyteen jo vuotta aikaisemmin, eikä niissä riitä tilaa kaikille musiikin- ja taiteen ystäville kautta maailman. Toisen käyntimme jälkeen päätimme jättää Savonlinnan väliin siitä huolimatta, että nautimme suuresti sekä esityksistä että tunnelmasta.

Oopperanäyttämö on rakennettu Olavinlinnaan, muutama sata metriä mantereelta. Sinne johtaa avattava silta, jotta suuret veneet ja laivat pääsevät satamaan kapean, syvän väylän halki.

Kun kävelee linnaan siltaa pitkin lämpimässä iltatuulessa satojen muiden ihmisten kanssa, ei voi välttyä ajatukselta, että Savonlinna on kuin Ascot Englannissa laukkakisojen aikaan, elegantti, korkeatasoinen ja ainutlaatuinen.

Kauden avausooppera oli Verdin Aida, ja katsomossa oli myös tasavallan presidentti Tarja Halonen. Illan päätteeksi kävelimme siltaa pitkin pois linnaa ihaillen, myös presidentti Halonen. Presidentti Halosen seurueessa oli myös muutamia ministereitä, sekä epäilemättä myös huomaamattomia turvamiehiä. Olemme Englannissa tottuneet massiivisiin turvajärjestelyihin, mutta sillan päässä presidenttiä ja hänen seuruettaan odotti vain kaksi mustaa autoa. Tukevilla kuskeilla oli mustat aurinkolasit ja matkapuhelimet. Siinä kaikki. Olihan presidentti omiensa ympäröimä. Kuka häntä tahtoisi vahingoittaa?

Seuraavana päivänä ystävämme veivät meidät sitten Retrettiin pysähdyttyämme ensin lyhyesti Kerimäellä ihailemaan maailman suurinta puukirkkoa. Siellä oli alkamassa juuri kastetilaisuus ja kirkko oli koristeltu kukin. Keskilaivan ja pilarien mielenkiintoinen rakenne oli vaikuttava ja puukaiverrusten pastellisävyt kerrassaan täydelliset.

Retretissä oli siistit, puiden ympäröimät jalkakäytävät, jotka johtivat nykyaikaiseen rakennukseen. Esitteet ja katalogit oli painettu useilla kielillä, ja kuulokkeista oli mahdollista kuunnella monotonisen äänen kertovan paikan historiasta ja esillä olevista taideteoksista.

Monien kuuluisien suomalaistaiteilijoiden töitä on säännöllisesti esillä yhdessä muiden taideteosten kanssa luolastossa, joka on kaivettu syvälle maan sisään. Siellä oli leikitelty valoilla ja visuaalisilla efekteillä luovasti ja uudella tavalla. Siellä oli myös esillä erilaisia esinekokoelmia – hassuista ja yleensäkin tarpeettomista keksinnöistä jalokiviin ja harvinaisten eläinten luurankoihin.

Minuun teki vaikutuksen intohimo, jolla Retretin asiantuntijat suhtautuivat kaikkeen suomalaiseen, sekä heidän mielikuvituksensa sekalaisen ja ainutlaatuisen näyttelyn luomisessa. Itse asiassa saimme selville vierailumme jälkeen, että Retretin mallia on käytetty myös muiden maiden museoissa. Retretti on yksi "pakollisista" kohteista, joissa suomalaiset käyvät säilyttääkseen yhteytensä Suomen historiaan ja ylpeytensä pienen maan ilmaisukyvystä. Taide yhdistää suomalaisia.

Jokin aika sitten oli keskustelua siitä, pitäisikö Retretti sulkea varojen ja sponsorien puuttuessa, ja täytyy tunnustaa, että olin kauhuissani. Pitäisikö tämä upea taiteilijoiden näyttelyareena sulkea? Yhtäkkiä rahaa tuntui kuitenkin löytyvän ja instituutio, jota monet taiteenystävät olisivat jääneet suuresti kaipaamaan, pelastui.

Retretti teki minuun ilman muuta suuremman vaikutuksen kuin Iittala, joka on tunnettu kohde Tampereen ja Hämeenlinnan välillä. Iittala on ylistetty lasintekijä, jonka useimmista tuotteista aika on ajanut ohi ja joita saa supermarkettien ja jopa halpahallien hyllyiltä. Se tuntuu silti suomalaisten mielissä säilyttäneen asemansa hienostuneiden laatutuotteiden valmistajana.

Iittalassa vierailijat voivat nähdä, kuinka lasia puhalletaan, mutta myös kuinka suklaakakkuja valmistetaan. He voivat ostaa Kiinassa valmistettuja matkamuistoja, he voivat syödä hampurilaisia kahvilassa parkkipaikan vieressä, ja he voivat kävellä pieneen rakennukseen missä on kahdessa kerroksessa, useissa pienissä huoneissa esillä sekalainen kokoelma maalauksia, julisteita, karikatyyrejä, veistoksia, valokuvia ja niin edelleen. Pieneen tilaan on ahdettu niin paljon töitä, että on mahdotonta muistaa, mitä missäkin oli. Ihmiset kuitenkin tulevat Iittalaan sankoin joukoin, tähän sirkukseen, koska se on osa suomalaista taideperinnettä ja siellä täytyy käydä. Eikä kahvi ole edes ilmaista!

Seurakunnan tilaisuuksissa suomalaiset ovat ehdottoman muodollisia. Protestanttisissa kirkoissa jumalanpalvelukseen osallistuminen on ennemminkin lähes rituaali kuin spontaani uskonilmaisu. Katolisen ja protestanttisen kirkon jumalanpalveluksissa on selkeä ero: katoliset ihmiset tuntuvat voivan kävellä kirkossa ympäriinsä, saapua myöhässä, rupatella, mennä ja tulla mielensä mukaan, mennä ehtoolliselle ja odotellessa törmäillä toisiinsa. Lapset mekastavat, juoksevat ympäriinsä (huomatkaa, että nykyvanhemmat eivät saa kieltää lapsiaan missään, heillehän saattaa kehittyä komplekseja...), ja tilaisuus on yleistä kompurointia. Protestanttinen jumalanpalvelus on lähes sotilaallinen. Seurakunta on täsmällinen, istuu hiljaa ja jopa lapset menettävät halunsa nauraa ja mekastaa. Yleensä koko seurakunta osallistuu ehtoolliseen, ja ihmiset järjestäytyvät kahteen selkeään riviin vakavin kasvoin, toinen rivi ehtoollisella ja sitten poistuen toisen rivin tullessa tilalle, hiljaisesti ja järjestyksessä. Kaikki tapahtuu kellontarkasti.

Suomalaiset eivät puhu paljon uskonnosta. Se on yksilön ja Jumalan välinen asia, siitä ei lasketa leikkiä tai kiistellä. Muitakin uskontoja suvaitaan ja kunnioitetaan, mutta niistä ei puhuta. Ihmiset otetaan sellaisina kuin he ovat, eikä heitä lokeroida uskontonsa mukaan. Jopa pienet juutalais- ja islamilaisyhteisöt elävät Suomessa rinnakkain sulassa sovussa. Suomi on metsien maa ja metsässä kaikki ovat tasa-arvoisia hirvien ja karhujen silmissä.

Vuosia sitten ystävämme ehdottivat, että osallistuisimme aikaiseen joulupäivän jumalanpalvelukseen kauniissa, jyrkkäkattoisessa puukirkossamme. Päätin, että Celia voi jäädä nukkumaan kaikkien jouluvalmistelujen ja ruuanlaiton jälkeen. Ystävämme tuli minua hakemaan naurettavan aikaisin kun oli vielä pimeää. Kirkko oli täynnä ihmisiä, jotka olivat tulleet sinne uhmaten lunta ja jäätä.

Se oli kaunis tilaisuus, ja nautin kun sain olla siinä mukana. Kuuntelin yksinkertaista ja vakavaa saarnaa ja vaihdoin tervehdyksiä muiden seurakuntalaisten kanssa kun lähdimme kohti kotia, kahvipöydän ääreen. Kaikki oli ollut täydellistä, ei meteliä, ei aivastuksia, ei yskintää. Jumalaa kunnioitettiin vakavalla hiljaisuudella.

Suomalaiset ovat muodollisia kaikissa muissakin kokoontumisissaan, jopa lähimpien ystävien kesken, kunnes kahvitarjoilu alkaa. Jumalanpalveluksessa he ovat vakavia ja tervehtivät ystäviä pienellä, huomaamattomalla päännyökkäyksellä. Kun jumalanpalvelus on ohi, he muuttuvat jälleen ystävällisiksi ja miellyttäviksi. Kaikkiin kokoontumisiin suhtaudutaan kunnioittavan muodollisesti.

Meidät kutsuttiin Veikon 60-vuotispäiville hänen kauniiseen kotiinsa. Meille kerrottiin kellonaika, milloin tulla (tietenkin) ja päätimme olla paikalla hyvissä ajoin. Oli kaunis kevätpäivä, pysäköimme auton pellon laitaan ja kävelimme taloon. Näimme ihmisten jonottavan pihalla ja etsimme katseellamme Veikkoa ja hänen lempeää vaimoaan Marjattaa. He ovat ihastuttava maanomistaja-pari kuntamme pienessä kylässä, joka on kuin entisaikojen pieni heimo kyläpäälliköineen, olkoonkin, että nykyään heillä on autot, matkapuhelimet ja internet.

Vihdoin huomasimme heidät, he seisoivat lähellä taloa vieraiden onniteltavana. Menimme tervehtimään ja onnittelimme Veikkoa syntymäpäivän johdosta vitsaillen hänen iästään. Samassa tajusimme kauhuissamme, että olimme kiilanneet jonon ohi. Ihmiset olivat onnittelujonossa lahjoineen, ja meidän olisi kuulunut mennä jonon päähän odottamaan vuoroamme. Systeemi on sellainen. Olimme nolostuneita oltuamme niin töykeitä, saatoimme jopa punastua, minäkin partani alla, olimmehan tuottaneet pettymyksen koko Britannialle. Olisimme halunneet vajota maan alle, mutta kukaan ei moittinut meitä, eikä tuntemattomien ihmisten lempeä hymy parantanut oloamme lainkaan.

Olimme oppineet läksymme. Olipa kokoontuminen millainen tahansa on odotettava jonossa onnittelu- tai tervehdysvuoroaan, kuunneltava jopa ehkä pieni puhe, jonka edellä oleva haluaa isännälle pitää. Muodollisuudet ovat tärkeitä, kuten esimerkiksi Aulikin yhteislauluilloissa. Muut ihmiset istuvat tuvan penkeillä, ja me kierrämme ympäri huoneen esitellen itsemme ja tervehtien kaikkia kädestä, jopa tuttujamme. Muodollisuudet ovat tärkeitä, mutta siltikään mies ei nouse seisomaan kun hänet esitellään naiselle ...

Kun muodollisuudet on käyty läpi ja kahvitarjoilu alkaa, vakavat ilmeet karisevat ihmisten kasvoilta, ja suomalaiset muuttuvat iloisiksi ja hauskoiksi. He rentoutuvat. Tämä rituaali on käytävä läpi. Ystävämme Eino, kuuluisan runoilijan Eino Leinon kaima, juhlii heinäkuussa Eino Leinon päivänä sekä nimi- että syntymäpäiväänsä. Eino ja Pirkko asuvat – kuten jo tiedätte – metsän keskellä ihastuvassa vanhassa talossa, jota ympäröi kaunis luonnonpuutarha. Kivien keskellä on joitakin Einon veistoksia, hauskoja ja erilaisia. Puutarhan toisessa päässä

Pirkolla on aina siisti ja hyvin hoidettu kasvimaa. Heidän puutarhansa rajoittuu metsään punaisten ulkorakennusten takana. Sinne ei Hanna, heidän ensimmäinen koiransa, saanut mennä, sudethan olisivat voineet sen viedä. Hanna on sittemmin kuollut, ja Eino teki sille puutarhaan pienen muistoveistoksen.

Eino pyysi meitä ja muutamia muita ystäviään 50-vuotispäivilleen. Katsoimme, että pieni lahja olisi paikallaan, varsinkin kun Einolla ja runoilijalla oli sama syntymäpäivä. Päätimme lahjoittaa hänelle myös runon. Olen usein riimitellyt jotain pientä pöytälaatikkoon, joten minusta oli hauskaa kirjoittaa pari säettä englanniksi. A4-arkki käärittiin rullalle ja sidottiin punaisella nauhalla. Dokumentti näytti hyvin viralliselta, lähes muinaiselta papyrus-kääröltä.

Kun saavuimme Einon luo, huomasimme, että ateljeehen johtavalle polulle oli jo kertynyt onnittelujonoa. Oli kaunis kesäpäivä, ja Eino ja Pirkko ottivat yhdessä vieraitaan vastaan kuunnellen kärsivällisesti kaikki onnittelupuheet ja kehut Einon luonteen ja taiteellisen menestyksen johdosta. Jotkut laulaa luikauttivat onnittelulaulun, jotkut ojensivat pienen lahjan.

Kaikki toivotettiin erittäin tervetulleiksi. Kun vuoromme tuli, Celia ojensi Einolle lahjan ja minä avasin runokäärön. Luin sen hänelle hitaasti, jotta hän ehtisi tajuta sanojen merkityksen, koska hänen englannintaitonsa ei ollut kehuttava. Iloseni huomasin Pirkon hymyilevän ja naurahtavan hauskoille säkeille – hän ymmärtää englantia hyvin. Tämän jälkeen siirryimme polkua pitkin kohti kahvipöytää jättäen seuraavan onnittelijan täyttämään ystävällisen velvollisuutensa syntymäpäiväsankaria kohtaan. Eino ja Pirkko liittyivät seuraan vasta kun kaikki oli toivotettu tervetulleiksi. Tämä oli yksi kokemus suomalaisista, yksinkertaisista, aidoista, lämpimistä ja muodollisista tavoista.

Eino ja Pirkko ovat itsekin aitoja, kaikki pitävät heistä. Jopa lapsenlapsemme tuntevat olonsa heidän lähellään rentoutuneeksi, koska heitä kohdellaan lämpimästi ja vilpittömästi. Einon kärsivällisyys teki nuorempaan tyttärenpoikaamme Lukeen suuren vaikutuksen. Hän oli kerran Einon ja Pirkon luona viettämässä aikaa ja syömässä herkkuja, kun Eino vei hänet puutarhaan keräämään matoja kalansyötiksi. Molemmat lapsenlapset, etenkin Luke, ovat kovia onkimaan – tämän hän on selvästi perinyt isältään. Olimme ostaneet huoltoasemalta pari edullista onkivapaa. En ymmärrä onkimisesta mitään, mutta vavat näyttivät kunnollisilta.

Eino oli jo antanut pojille ohjeita, kuinka parhaiten saada kalaa. Sitten hän viittasi Luken mukaansa ulos, ja hetken kuluttua taiteilija ja tyttärenpoikamme palasivat keittiöön mukanaan purkki puolillaan pitkiä, kiemurtelevia ruskeita kastematoja. Celia meni kananlihalle. Hän on kehittänyt lähes allergian kaikkia jalattomia otuksia kohtaan, ja matoja hän pelkää erityisesti.

Kotiin palattuamme Luke tahtoi kirjoittaa Einolle kiitoskortin ja siinä luki: "Kiitos Eino kovasti madoista ja herkuista"; kortista näki, mikä oli Lukelle tärkeintä!

Nuorempi tyttäremme Sarah ja hänen miehensä viettivät meillä jonkin aikaa yhtenä kesänä. Heitä oli onnistanut sään suhteen: olimme joka päivä voineet nauttia puutarhasta ja järvestä, sekä tehdä pieniä autoretkiä maaseudulle, jossa marjat kasvoivat runsaina ja linnut lauloivat vehreässä metsässä.

Eräänä iltapäivänä kävimme syrjäisessä talossa, joka seisoi yksinään kukkulan kupeessa kalpean pastellisävyisenä. Kukkulan alla olevalle järvisaunalle johti kapea polku. Paikan omisti nainen, jonka olimme nähneet kylällä muutaman kerran ja joka oli päättänyt jäädä eläkkeelle supermarketin kassan tehtävistään. Hän oli perustanut pienen yrityksen: siellä kudottiin mattoja ja tehtiin vaatteita. Ulkorakennus oli muutettu vaatimattomaksi mutta muodikkaaksi näyttelytilaksi, jossa esiteltiin hänen tuotteitaan sekä joidenkin paikallisten amatööritaiteilijoiden maalauksia. Meidät toivotettiin tervetulleiksi tähän maalaisidylliin.

Kotimatkalla poikkesimme virvoitusjuomille läheisen järven rannalla olevaan satamakahvilaan. Se oli pieni satama, laiturissa oli vain yksi vene, ja se vei lähes koko laituritilan. Paikalle saapui vanha mies paikatulla soutuveneellä, jossa oli perämoottori ja jonka keulassa seisoi koira. Näkymä oli kuin suoraan kultakuumeen ajoilta Amerikassa. Mies jätti veneensä rannan kuivaan mutaan ja meni koira mukanaan hakemaan juotavaa.

Kahvilan toisessa päässä oli pöytiä ja tuoleja ja toisessa päässä korotetulla lattiatasolla lasten leikkipaikka. Seinään leikkipaikan yläpuolelle oli ripustettu erilaisia kirveitä, metsästyspuukkoja, sahoja ja muita vaarallisen näköisiä maaseudun tarvekaluja. Ne olivat somisteina. Sarah, joka on Norland-collegesta valmistunut yksityinen lastenhoitaja ja tietää muutamia asioita vauvoista ja lapsista sekä turvallisuudesta sai heti lähes sydänkohtauksen. Kirveet ja sahat saattaisivat pudota lasten päälle, tai joku heistä voisi yrittää ottaa niitä seinältä. Varoittavia kylttejä ei ollut missään, ei myöskään mitään turvaverkkoja tai vastaavia.

Lapset ovat leikkineet tuossa paikassa iät ja ajat sillä välin kun vanhemmat ovat ruokailleet tai siemailleet juomiaan. Yksikään lapsi ei ole vahingoittunut, eikä yksikään ole yrittänyt ottaa seiniltä mitään. Yksikään ylihuolehtiva vanhempi ei myöskään ole kiinnittänyt lasten huomiota seinällä oleviin tavaroihin, jotka saattaisivat vahingoittaa lasta ja oikeuttaa vanhemmat nostamaan kanteen ja vaatimaan korvauksia. Olen vakuuttunut siitä, että korvauskulttuuri ulottuu jonakin päivänä Suomeenkin asti. Toistaiseksi on virkistävää tietää, että sellaiseen on vielä pitkä matka. Suomessa ei ole mitään "varo päätäsi" tai "varo askelmaa"- kylttejä. Jos kompastuu ja lyö päänsä, se on vain pieni, ikävä vastoinkäyminen. Sitä varoo tekemästä toista kertaa, niin yksinkertaista se on.

Suomessa ollaan niin lähellä luontoa, että onnettomuuksia pakostakin tapahtuu, monesti pelkkiä vahinkoja. Hirvi saattaa juosta päin lasi-ikkunaa, koska puut heijastuvat lasista hirven silmiin metsänä. Ihminen saattaa vajota heikkoihin jäihin. Niin vain tapahtuu, eikä kukaan kuvittele hakevansa minkäänlaisia korvauksia metsähallitukselta tai kunnalta, kun ei ollut tiedotettu, että metsässä saattaa olla hirviä tai että jää on heikkoa.

Suomalaiset tuntuvat suhtautuvan tyynesti tapahtumiin, etenkin silloin kun ne liittyvät luontoon. Meille on kerrottu, että lähes joka perheessä joku on joskus vajonnut heikkoihin jäihin, tai jopa kuollut ja kadonnut ajauduttuaan jään alle. Tämä kerrottiin meille normaalina tosiasiana, jonka kanssa tämän maan asukkaiden täytyy elää, tarkoitus ei ollut järkyttää meitä. Luonto ottaa omansa, ja suomalaisilla on ehkä salainen taipumus koetella rajojaan.

Hiljattain Suomessa nähtiin lumisin talvi 40 vuoteen – niin meille kerrottiin – ja lumi kerääntyi vaarallisen paksuksi peitteeksi talojen katoille. Lumi oli kevyttä ja kuivaa monen kuukauden ajan, mutta kun lämpötila nousi ja sitten taas laski pakkasen puolelle, lumen painosta tuli ongelma. Ympäristöministeri julisti hätätilan ja varoitti ihmisiä kattojen lumitaakasta. Lumet tuli poistaa etenkin suurten, julkisten rakennusten tasakatoilta. Koska suomalaiset noudattavat viranomaisten ohjeita, yhtenä viikonloppuna lähes jokainen oli katolla luomassa lunta alas. Tuloksena oli, että monet ihmiset päätyivät sairaalaan jalka murtuneena tai muuten vahingoittuneena pudottuaan alas liukkaalta katolta. Kun asiasta uutisoitiin, samainen ympäristöministeri sanoi: "ihmisten tulisi tietenkin käyttää tervettä järkeä".

Lapset opetetaan jo koululaisena tulemaan toimeen jään kanssa, joka peittää vedet yleensä puolen vuoden ajan. Heidät opetetaan kierimään jäällä, jotta jäänpintaan kohdistuu mahdollisimman vähän painetta. Kaupoista voi myös ostaa jäänaskaleita, joilla tarttua jäänreunaan, jos on pudonnut läpi mentyään heikoille jäille. Voi myös jäädä kotiin, oma valinta.  Olemme nähneet tällaiset jäänaskalit, joissa on terävä kärki ja nauha kummassakin päässä, jotta ne voi pujottaa niskan ympäri. Useimmat kaupat alkavat myydä niitä lokakuun kieppeillä. Olen usein ajatellut ihmisparkaa (tai typerystä), joka vajoaa jään läpi. Vesi on jääkylmää, hänen jalkansa polkevat tummaa vettä, hänen päänsä kolhiutuu yläpuolella olevaan jäähän, hän yrittää epätoivoisesti tarttua jäänreunaan päästäkseen kantavalle pinnalle. Minua kauhistuttaa ajatus, että näissä oloissa pitäisi yrittää selviytyä tarttumalla jäänaskaleihin. Pelkkä mielikuva siitä, että jalkani ajautuvat jään alle, enkä pysty nostamaan itseäni takaisin jään pinnalle, saa minut kirjaimellisesti värisemään. Suomalaiset ottavat tällaisen tyynesti.

Olemme monesti olleet järven jäällä kävellen tai moottorikelkalla, ihaillen ympäröivän luonnon kauneutta. Odotamme kuitenkin aina, että näemme autojen tai traktoreiden tai hiihtäjien menevän jäälle ensin, ennen kuin uskaltaudumme sinne itse. Varmistamme aina naapureiltamme, että jäälle meno on varmasti turvallista.

Onnettomuuksia tapahtuu ja suomalaiset hyväksyvät tämän. Jorma, kalastajanaapurimme, joka tuntee järven kuin omat taskunsa, lähti eräänä päivänä jäälle vetäen traileria moottorikelkan perässä. Hänen tarkoituksenaan oli tarkastaa muutama kalaverkko, joita hän talvisin laskee veteen. Näimme keittiön ikkunastamme hänen ajavan kohti avovettä ja katoavan meitä vastapäätä olevan saaren taakse. Talvi oli ollut melko leuto, eikä jää ollut kuin muutaman sentin paksuista.

Jorma tuntee järven jokaisen niemen ja lahdelman. Hän pystyy suunnistamaan järvellä silmät kiinni keskellä yötä. Kotiin ajaessaan hän ylitti ilmeisesti erityisen heikon jään kohdan, ja hänen moottorikelkkansa ja trailerinsa vajosivat veteen. Hän onnistui heittäytymään vajoavasta kelkasta jäälle ja kierittelemään itsensä rannalle, josta lähellä asuva ystävä ajoi hänet autolla kotiin.

Tapasimme hänet pian tämän onnettomuuden jälkeen. Kerroimme, kuinka kauhuissamme olimme hänen kohtaamastaan vaarasta. Hän naureskeli koko jutulle, joka ei ollut antanut aihetta sen suurempaan huoleen. Se oli tapahtunut, hän yrittäisi jossakin vaiheessa keväällä nostaa moottorikelkkansa järven pohjasta, ja se siitä. Tämä ei suinkaan ollut fatalismia. Se oli elämään kuuluvien tapahtumien tyyntä hyväksymistä, kulttuuriin kuuluvaa. Ei ihme, ettei kenenkään mieleen edes juolahda nostaa kannetta, jos kompastuu katukiveyksen reunaan.

Suomalaisilla tuntuu olevan virkistävän suora lähestymistapa elämään ja työhön. Useimmissa maissa palveluammateissa työskentelevät ovat nenäkkäitä ja ylimielisiä – he näyttävän olevan töissä vastentahtoisesti – ja jokainen asiakas on heille kiusankappale. Suomessa joka paikassa – olipa se sitten yksityisellä tai julkisella sektorilla – halutaan tosiaan olla avuksi, kuuluvathan kaikki samaan pieneen kansakuntaan. Henkilökohtainen kiinnostus on tallella, henkilökohtainen ote on tallella.

Voisin mainita tästä useita esimerkkejä: sähköyhtiön, Soneran ja Sammon, joissa sai henkilökohtaista palvelua. Puhelua ei yhdistetty call centeriin Intiaan tai Timbuktuun. Asiamme hoidettiin nopeasti ja miellyttävästi. Siinä säästyi myös selvää aikaa ja rahaa verrattuna siihen, mitä puhelu olisi maksanut, jos vastapuoli ei olisi ymmärtänyt kieltä. Suomessa asiat hoitaa maansa tunteva suomalainen eikä Mumbain asukas.

Kiinnitimme heti huomiota suomalaisten käsitykseen työstä. Työtä täytyy tehdä ajankuluksi ja jotta saadaan riittävästi varoja harrastuksiin, veneisiin, lomailuun, saunaan ja makkaroihin. Työ on kuitenkin hyvin usein harrastusten esteenä oleva epämiellyttävä velvollisuus, ja sitä pitää välttää milloin vain ikinä mahdollista. Verot ovat aina olleet korkealla tasolla mutta niin myös veronmaksajille koituvat edut. Tästä johtuen suomalaisille on kehittynyt rento suhtautuminen työhön ja vastaavasti tarve vaihtaa usein työpaikkaa tietäen, että työtä on aina. Ainakin viime aikoihin asti, kun kansainvälinen rahoituskriisi on alkanut koskettaa myös Suomea.

Monta vuotta sitten tapahtui pieni episodi, kun seisoimme rantalaiturillamme ihaillen lämpimänä kesäiltana järven kaunista väriä ja ympäröiviä metsiä. Järven keskellä lähestyi pieni moottorivene, ja Irja ja Pekka perheineen tulivat meitä tervehtimään. Pyysimme heitä sitomaan veneen kiinni laituriin ja tulemaan kanssamme drinkille puutarhaan. Irja kietoi bikiniensä ympärille säädyllisesti kylpytakin ja astui laiturille perheineen esitelläkseen meille mukanaolevan matkustajan, joka esiteltiin "sedäksi". Hän oli Irjan veli. Vietimme hämärtyvässä illassa noin tunnin ajan gintonicien ja oluen äärellä takapihallamme. Seura oli miellyttävää ja ilta mukavan lämmin. Hyttyset alkoivat tanssinsa illan tummetessa, ja varjot pitenivät puutarhavalojen loisteessa. Kun vieraidemme lähtöaika koitti, setä ilmoitti olevansa haluton menemään seuraavana päivänä töihin niin mukavan viikonlopun jälkeen. Asiaa hetken puntaroituaan hän päätti tosiaan jäädä kotiin. Töissä ei ollut mitään kiireellistä, ja hänen esimiehensä kyllä ymmärtäisi.. järvi, metsät, kesä, vene, drinkit... kaikki paljon kiinnostavampaa kuin työ. Tällaista esimiestä en ole kovin usein kohdannut!

Kylän keskellä olevaan ihastuttavaan puutaloon ilmaantui jokin aika sitten yllättäen antiikkikauppa. Yhtenä hetkenä talo oli tyhjä ja seuraavana ovet avautuivat vanhojen huonekalujen, maalausten, maatilan tavaroiden ja posliinin maailmaan. Kävimme siellä muutaman kerran ja jopa ostimme joitakin esineitä, jotka sillä hetkellä tuntuivat sopivan taloomme. Meillä on vieläkin niistä muutamia jäljellä, jotkin olemme lahjoittaneet tai heittäneet pois. Ystävystyimme omistajan kanssa, pienikokoinen ja punahiuksinen rouva oli nimeltään Sari. Hän oli sattumalta vuokrannut mökin melko läheltä meitä, saaren kärjestä.

Vain yhden kesän kauppaa pidettyään Sari ilmoitti jättävänsä antiikkibisneksen ja muuttavansa Lahteen. Hän oli saanut kyläympäristöstä tarpeekseen ja halusi elää hohdokkaampaa elämää kaupungissa. Uudesta työstä hänellä ei ollut tietoakaan. Voimme vain toivottaa hänelle onnea matkaan.

Vuotta myöhemmin tapasimme hänet uudelleen kylässä, eräänä lauantaina kesätorin aikaan. Sari oli työskennellyt Lahdessa muutaman viikon ja päättänyt sitten siirtyä Helsinkiin. Hän oli töissä vakuutusyhtiössä. Hän ei ollut varma, pitikö työstä ja kuinka kauan siinä viihtyisi. Voimme vain toivottaa hänelle jälleen kerran onnea matkaan.

Lukuisat ystävämme, kaikki keski-ikäisiä ja avioliitossa tai parisuhteessa, ovat eri aikoina päättäneet pitää sapattivapaan ja palata opintojen pariin lisätutkintoa varten. Heidän syynsä ovat olleet samankaltaiset: "Haluan jälleen opiskella, jotta tunnen saavani jotain aikaan." Totuus on, että sapattivuoden jälkeen he ovat palanneet suoraan entiseen työhönsä. He varmasti tunsivat saaneensa jotain aikaan, mutta he eivät koskaan näyttäneet tarvitsevan uutta tutkintoaan tai diplomiaan.

Työ näyttää olevan jonkinlainen epämiellyttävä välisoitto niiden asioiden keskellä, joita ihmiset oikeasti haluavat tehdä: kerätä sieniä tai purjehtia, hiihtää tai kävellä metsässä tai olla tekemättä mitään. Joskus he haluavat istuskella ja mietiskellä, toisinaan vain istuskella. Maalle tästä koituu tietenkin melko suuret kustannukset.

On lopultakin tajuttu, ettei huolettomaan suhtautumiseen työhön ja valtion työntekijöille mahdollistamiin etuihin ole enää varaa, ja ääni kellossa on muuttumassa samalla kun työttömyysetuihin on tullut tiukennuksia. Maassa on vain runsaat 3 miljoonaa veronmaksajaa, ja laaja maa tarvitsee huoltoa, huolenpitoa, suojelua ja kehittämistä. Ennen kaikkea Suomen on myös hoidettava maksunsa Euroopan unionille.

# PÄIJÄNNE

Tämä suuri järvi on pituudeltaan noin 119 kilometriä etelästä pohjoiseen, keskellä Suomi-neidon mahaa. Se ulottuu Lahdesta Jyväskylään (nimi, jota on mahdoton lausua oikein, kun ihmiset koko ajan huomauttavat virheellisestä ääntämyksestä) pitkänä ja leveänä viiltona halki Suomen maaseudun näyttäen ottavan huomaansa tuhansia Keski-Suomen pienemmistä järvistä.

Päijänne ei ole maan suurin järvi. Se kunnia kuuluu Saimaalle, jonka mutkikas rantaviiva luo harhan useista erillisistä järvistä, jotka kaikki ovat yhteydessä toisiinsa yhteysaluksilla ja silloilla ja pilkutettu lukemattomilla saarilla.

Päijänne on kuitenkin Suomen syvin ja hyvin vanha järvi, sen historia alkaa jo jääkaudelta, kun Suomi oli vielä ikiroudan peitossa. Se on myös oletettavasti puhdasvetisin järvi, sieltä johdetaan juomavesi Päijänne-tunnelia myöten myös Helsinkiin. Joku sanoi meille kerran – kieli poskessa - että jos pissaa Päijänteeseen Jyväskylässä, joku Helsingissä lopulta juo sen. Vitsi tietenkin, mutta aina Helsingissä ollessamme juomme vain pullotettua mineraalivettä. Varmuuden vuoksi.

Päijänne on lintujen ja lintubongareiden paratiisi. Koska se on niin syvä, muutamat harvinaiset vesilinnut pesivät siellä. Ihailemme usein keittiön ikkunastamme uikkuja poikasineen aamu-uinnilla tyynellä järvellä, tyypillisesti äännellen, välillä nopeasti pinnan alle sukeltaen. Uikut ovat suurempia kuin sorsat ja liikkuvat veden pinnalla aristokraattisen ylpeinä, pää kääntyen sivulta sivulle ennen sukellusta, joka saattaa kestää useita sekunteja ja ulottua kymmenien metrien syvyyteen. Ne ovat arkoja lintuja ja tulevat harvoin rantaan. On hyvin mieluisaa nähdä niiden joskus lepäävän laiturillamme tai puutarhan perällä.

Jopa mustakurkku-uikku saattaa joskus kerätä rohkeutensa tullakseen levähtämään laiturillemme seisoen hassussa pystyasennossa, koska sen jalat ovat niin takana. Nämä ovat harvinaisia, uhanalaisia lintuja, ja Päijänne tarjoaa niille ihanteellisen asuinympäristön. Ne ovat kauniita ja arkoja lintuja, ja tunnemme itsemme etuoikeutetuiksi kun näemme niitä talomme lähistöllä.

Päijänteellä nähdään usein myös telkkiä. Kesäisin ne tuovat poikasensa usein lähes ulko-ovellemme asti leivänmurusten toivossa. Joka vuosi ilmaantuvat myös Kanadan hanhet. Ne uivat kauniina ja majesteettisen ylväinä, mutta ne ovat harminaihe jokaiselle talolle, jonka lähellä sattuvat yöpymään. Niiden jätöksiä on niin paljon ja niin suuria, että luulisi ihmislauman hakeneen helpotusta raskaan aterian jälkeen.

Joutsenia ja lokkeja on myös paljon. Joutsenet uivat pareittain tai poikasten kanssa, oudon hiljaa töräytettyään huutonsa ennen näyttävää loiskahdusta laskeutuessaan kuin valkeat lentokoneet. Lokit taas kirkuvat jatkuvassa falsetissa, varsinkin kun ne ovat jättäneet poikasensa laiturillemme ja käskevät niitä pysymään tiukasti aloillaan. Nuoret lokit näyttävät aina surullisilta ja kurjilta, kun eivät vielä kykene vanhempiensa tavoin seisomaan pystypäin. Kun uskaltaudumme käyskentelemään puutarhassa samaan aikaan kun nuoret lokit ovat laiturilla, niiden suojelevat vanhemmat uhkaavat meitä sukeltaen suoraan kohti kuin taivaan kirkuvat akrobaatit.
Päijänteellä voi myös nähdä epätavallisia otuksia. Joitakin vuosia sitten katselin ulos ikkunasta ihmeissäni, kun talomme ohi uiskenteli tumma, pelottava hahmo. Se ei näyttänyt aivan normaalilta. Se ei ollut vene eikä ihminen. Otin esiin kiikarit ja havaitsin, että Päijänteen "hirviö" olikin hirvi, rauhallisesti uiskennellen puolelta toiselle. Sen suuret sarvet näyttivät mustilta ja pelottavilta, sen pää oli juuri ja juuri veden pinnalla. Se ui ohi, ilmeisesti tietoisena päämäärästään, helponnäköisesti ja näyttäen yhtä aikaa rauhalliselta ja uhkaavalta. Olimme iloisia, ettemme olleet kohdanneet sitä souturetkellämme. Se ei olisi

161

ollut mukava tapaaminen. Meitä halutti juosta ulos ja huutaa sille tervehdyksemme, mutta jäimme sisälle, jottei se olisi pelästynyt. Tiesimmehän, etteivät hirvet puhu englantia.

Hirvet pystyvät liikkumaan helposti paksun kasvillisuuden seassa, ääneti ja iskemättä päätään puihin, vaikka ne ovat suurikokoisia, ja niillä on leveät sarvet. Kerran kun olimme katselemassa myytäviä kiinteistöjä paikallisen asunnonvälittäjän, kanssa minun täytyi pysäyttää auto, kun luonto kutsui. Menin puiden taakse piiloon. Kun palasin autolle, sekä Celia että Kurt nauroivat ja osoittivat kohtaa, jossa juuri olin seisonut. Ilmeisesti he näkivät hirven lähestyvän minua takaapäin, niin läheltä, että se taatusti pystyi nuuhkimaan selkääni. Itse en ollut kuullut enkä nähnyt mitään. Hirvi on myös hyvä uimari, kuten totesimme sinä päivänä kun katsoimme sen häviävän näköpiiristämme.

Päijänne on kalaisa järvi. Jorman kalansaaliina, joista mekin olemme saaneet nauttia, on ollut haukea, siikaa, lahnaa, taimenia, lohta ja muita, joiden nimiä en edes tiedä. Hyvää, terveellistä kalaa, vaikka jotkut väittävät, että Tshernobylin ydinonnettomuus noin 25 vuotta sitten vaikuttaa yhä Päijänteen veteen.
Päijänne on uskomattoman kaunis järvi. Sen tuhannet pienet saaret tarjoavat virkistyspaikan niille monille, joilla on siellä kesämökki hiljaisuuden ja rauhan keskellä. Irikselllä ja Juhanilla oli mökki juuri tällaisella pienellä saarella, ja Juhani pyysi meitä syömään perunoita ja kalaa sekä ihailemaan aurinkoa ja kuuta taivaankannen vastakkaisilla laidoilla. En koskaan unohda sitä. He noutivat meidät moottoriveneellään. Kalan ja oluen kera pääsimme nauttimaan henkeäsalpaavasta näystä, kun oranssinpunainen aurinko solahti Päijänteeseen lännessä, ja kirkas kuu nousi taivaalle idästä. Sekä aurinko että kuu olivat

valtavankokoiset. Se näky oli totisesti puolen tunnin venematkan arvoinen.

Alkuaikoina laiturimme oli vain pieni puinen tasanne, joka kellui isojen, mustien muoviponttoonien varassa. Se oli ainoastaan 4 neliömetrin kokoinen. Vaikka se oli epävakaa ja pieni, ja ohiajavien veneiden peräaallot keinuttivat sitä, meillä oli tapana oleskella siellä tuntikaupalla, ottaa aurinkoa pienillä telttatuoleillamme, sekä syödä että juoda pienenpienen pyöreän metallipöydän ääressä. Olen vakuuttunut, että ohiajavat veneilijät pitivät meitä hassuna keski-ikäisenä pariskuntana, ja jos he olisivat tienneet meidän olevan englantilaisia, he varmastikin olisivat pitäneet meitä ääriesimerkkinä englantilaisten eriskummallisuudesta.

Se oli hauskaa. Kesällä Päijänteellä on aina vilkas veneliikenne, poliisivene partioi järven keskellä, valvoo nopeuksia ja pysäyttää usein veneitä tarkistaakseen paperit ja puhalluttaakseen kuskit. Tämä kaikki oli meille uutta ja nautimme joka sekunnista. Nyt, monen vuoden jälkeen, kaikki on tuttua, emmekä enää edes heiluttele ohiajaville – varsinkaan sen jälkeen kun pidimme pienessä moottoriveneessä istuvan herrasmiehen voimakasta käsienheiluttelua tervehdyksenä. Emme tajunneet, että miesparka oli pulassa, hänen moottorinsa oli rikkoutunut. Tunsimme itsemme todella hölmöiksi.

Siihen aikaan myös hukkasimme muutamia tavaroita Päijänteen pohjalle, kuten esimerkiksi silmälasini. Menin uimaan eräänä päivänä ja aloin laskeutua laiturin portaita, kun Celia huusi minulle jotain, osoittaen epämääräisesti jonnekin. Uidessani huomasin, että silmälasit olivat yhä olleet päässäni, ja nyt ne kelluivat minusta poispäin. Yritin liian myöhään saada niitä kiinni.

Hitaasti ne vajosivat Päijänteen syvyyksiin. Onneksi minulla oli varalasit – niissä oli vanhat kehykset, jotka muistuttivat The Shadows-yhtyeen kitaristin laseja 60-luvulla. Näytin vähän aikaa sokealta kilpikonnalta, kunnes sain hankittua uudet lasit Englannista.

Toisella kertaa päätimme Celian kanssa juoda laiturilla samppanja-lasilliset, nostaa maljan Suomelle ja auringonpaisteelle. Lasit täytettyäni päätin nerokkaasti pitää pullon kylmänä vedessä, kivien välissä. Loistava idea! Pullo pysyi paikoillaan noin kolme sekuntia, kunnes aallot veivät sen mukanaan, ja se vajosi järven pohjaan.

Oli myös se kerta, kun seisoin laiturilla kirkkaassa auringonpaisteessa, langaton puhelin housujeni taskussa, valmiina vastaamaan toimistostani tuleviin Todella Tärkeisiin puheluihin. En yhtään tiedä, mitä seuraavaksi tapahtui. Putosin laiturilta suoraan veteen, täysissä pukeissa. Enkä voi edes vedota alkoholiin: oli aamupäivä. Kiipesin takaisin puulaiturille vanhanaikaiset varalasit yhä silmilläni. Huolestuin heti langattomasta puhelimesta. Vedin sen taskustani, ja suuressa viisaudessani asetin sen auringonpaisteeseen kuivumaan uskoen, että se vielä toimisi. Ei se tietenkään toiminut, ja meidän oli ostettava uusi puhelin.

Vastaavanlainen tilanne sattui jonkin aikaa tämän jälkeen, kun olin kehittänyt teknisiä taitojani ja ostanut matkapuhelimen. Se takasi yhteyden toimistooni kaikkina vuorokauden aikoina, ei tarvinnut käyttää lankapuhelinta tai puhelinkoppeja. Saatoin soittaa milloin vain ja mistä vain, jopa laituriltamme, Suomesta, järven rannalta. Siinä minä olin, kiikkerällä laiturillamme, ylpeänä pidellen matkapuhelintani, kun äkkiä laiturin odottamaton liikahdus sai minut pudottamaan Motorolani veteen. Sinne katosi hieno matkapuhelimeni, ikuisiksi ajoiksi järven pohjaan! Seisoin liikkumatta katsellen syvyyksiin. Katsoin hitaasti vajoavaa, mustaa, lähes ilkkuvaa puhelinta tekemättä elettäkään. Suuri hauki Päijänteen pohjalla oli varmasti tyytyväinen, sillä oli minun silmälasini, se joi minun samppanjaani ja puhui samalla ystäviensä kanssa minun matkapuhelimellani. Oli tullut aika tehdä laiturille jotain.

Erityisesti heinäkuussa jotkut vierasveneilijät Helsingistä, Espoosta, Porvoosta ja niin edelleen eivät ota lainkaan huomioon meitä "alkuasukkaita" ja muita maaseudun ihmisiä vaan ajavat niin läheltä rantaa, että hurjien peräaaltojen sarjat hajottavat laitureita. Nämä ihmiset ajavat veneitään samalla tavalla kuin käyttäytyvät kylän kaupoissa – ylimielisesti eteenpäin tunkien piittaamatta vähääkään muista ihmisistä, joita he näyttävät pitävän alempana rotuna. He ajavat veneissään seisoen, halveksien kaikkia muita, erityisesti meitä pienessä vihreässä soutuveneessämme, tajuamatta lainkaan, kuinka armottomasti heidän peräaaltonsa kohtelee meidän pientä alustamme.

Laiturimme vaihdettiin suurempaan ja vakaampaan; siinä on kunnon jalat, jotka on kiinnitetty järven pohjaan. Mutta suurempi laituri merkitsi myös enemmän lintuja, joten päivän ensimmäinen työ oli tästä lähtien (ja on edelleen) laiturin pesu lintujen värikkäistä jätöksistä, jotka paljastavat niiden ruokavalion.

Tahtoisin muistuttaa, että Päijänteen pohjassa on muidenkin kuin minun tavaroitani. Ystävämme Pekka on intohimoinen muusikko. Hän soittaa pianoa ja harmonikkaa, ja hänen pieni yhtyeensä soittaa kaikenlaisissa juhlissa, häissä ja syntymäpäivillä. Pekalla on piano isossa huoneistossaan, jossa hän ja hänen vaimonsa Irja – joka toivoo turhaan uutta keittiötä – asuvat. Pekka pystyy nauttimaan musiikistaan kuulokkeiden kautta kenenkään häiriintymättä.

Mikään ei voita juhannusjuhlia Päijänteen rannalla: kokkoja, läpi yöttömän yön kestävät juomingit, uimista ja hauskanpitoa. Pekka ei ole mikään poikkeus, ja hän päätti lähteä ystäviensä kanssa pienelle veneretkelle meidän suuntaamme. Hän otti haitarinsa mukaan soitellakseen hieman musiikkia. Juhannuksena suomalaisten alkoholinkäyttö on runsasta eivätkä Pekka ja hänen ystävänsä olleet poikkeus. He putosivat veteen, ja Pekka näki rakkaan harmonikkansa vajoavan järven pohjaan. Joten pohjavesissä lymyävällä kuuluisalla hauella on nyt minun silmälasini, se juo minun samppanjaani, puhuu ystäviensä kanssa minun matkapuhelimellani ja juhlii Pekan harmonikan tahtiin.

Vielä jokunen vuosi sitten oli aivan tavallista nähdä järvellä tukkilauttoja, joita moottoriveneet vetivät ikkunamme ohi. Ne olivat matkalla johonkin paperitehtaaseen. Jotkin maailman suurimmista paperitehtaista sijaitsevat Päijänteen rannoilla, ja niihin menee tukkipuuta joka puolelta maata, pääosin rekkakuljetuksena. On kuitenkin aina mukava nähdä tukkeja uitettavan entiseen tapaan, hitaasti ja ääneti, muistellen lapsuuden lännenfilmejä, joissa tukkeja uitettiin alas koskia ja putouksia intiaanien katsellessa läheisiltä kukkuloilta.

Päijänteen rannoilla ei ole kukkuloita eikä intiaaneja, vain kauniita ja rauhaisia metsiä, mutta hinaajien vetämät tukkilautat ovat kuin jäänne menneisyydestä ja samalla askel ympäristöystävällisempään tulevaisuuteen. Koskia ei ole, ei vihollisen nuolta. On vain rauhaisa ja puhdas lipuminen halki Päijänteen.

Toisaalta sää järvellä voi muuttua hyvin nopeasti, vesimassat muuttua ärjyviksi aalloiksi myrskyn noustessa ja pauhatessa täydellä voimallaan.

Erään aurinkoisen päivän jälkeen taivas Päijänteen yllä muuttui harmaaksi ja alakuloiseksi, tuulet yltyivät ja taivuttivat pajujen latvoja, ja ovet ja ikkunat paukahtivat kiinni lähes samanaikaisesti. Paksut, mustat pilvet ajoivat toisiaan takaa ikään kuin järjettömässä ja pelottavassa tanssissa. Saaren takaa ilmestyi valkea, hyvännäköinen moottorivene, jonka matkustajat olivat nauttineet ihanasta päivästä Päijänteellä ja odottivat pääsyä satamaan. Vene näytti olevan vakavissa vaikeuksissa, voimakkaat aallot työnsivät sitä meitä kohti. Se ei pysynyt kurssissaan ja näytti olevan kokonaan vailla ohjausta ajelehtien järven armoilla.

Soitin Jormalle, joka on monesti pelastanut hätään joutuneita veneitä Päijänteellä, mutta vain Elina – hänen vanhin tyttärensä – oli kotona. Hän oli myös nähnyt hätään joutuneen veneen, mutta vaikka hän olisi pystynyt ja hänellä olisi ollut rohkeutta, hänellä ei kuitenkaan siihen aikaan ollut lupaa ajaa isänsä isoa kalastusvenettä yksinään. Katselimme siis voimattomina, kuinka aallot heittelivät venettä yhä lähemmäs meidän rantaamme. Yhtäkkiä sen moottori näytti kuitenkin heräävän eloon. Näimme sen kääntyvän hitaasti kohti kylää ja sataman rauhallisia vesiä. Suuri Päijänne oli juuri muistuttanut meitä mahdistaan.

Kuten kaikkialla muuallakin Suomessa, Päijänteelläkin on kaksi toisistaan poikkeavaa, erityistä elämää. Alkusyksystä ilma järven ympärillä muuttuu toisenlaiseksi. Linnut kerääntyvät yhteen valmiina lentämään lämpimiin maihin, valtavat lokkiparvet kerääntyvät järven keskelle odottamaan näkymätöntä signaalia lentoonlähtöön, räkättirastaat laskeutuvat nurmikollemme etsimään ruokaa, keräten voimia pitkälle lentomatkalleen. Joutsenet lentävät pareittain pois, niiden syvät trumpettimaiset ääntelyt kantautuvat veden yllä. Kaikki luontokappaleet valmistautuvat talveen.

Vain tiaiset, närhet, punatulkut ja tikat tuntuvat jäävän Suomeen uhmaamaan talven vaaroja.  Niillä on puutarhassamme helpot oltavat, sillä syötämme niille säännöllisesti erilaisia siemeniä, jopa muovipussissa ostamiamme erikoisenergiaa antavia: kuvittelimme lintujen muuttuvan pieniksi raketeiksi ja singahtavan joka suuntaan. Ne näyttivät nauttivan jopa energiasiemenistä tavalliseen tapaan edestakaisin lennellen, välillä leväten ja taas syöden kunnes alkoi hämärtää, ja tuli ilta.

Myös sorsat jäävät tietämättä, että elokuun 20. päivä tasan keskipäivällä alkaa sorsanmetsästyskausi. Tuon päivän aamuna veneet ryhmittyvät paikoilleen, ja naamioituneet metsästäjät näyttävät uhkaavilta. Jopa jotkut veneetkin on naamioitu sulautumaan veden ja kasvien väreihin.

Ja tasan kello 12.00, joka vuosi, kuulemme ensimmäisen laukauksen järven yli. Seuraavien kahden tai kolmen tunnin ajan laukauksia kuuluu kiivaaseen tahtiin, sitten vähän harvemmin kunnes iltahämärissä niitä kuuluu vain satunnaisesti. Sitten järvi nukahtaa. Seuraavien parin päivän aikana laukauksia kuuluu yhä harvakseltaan, kunnes ei kuulu enää mitään, koska fiksuimmat sorsat ovat oppineet läksynsä ja siirtyneet sataman turvaan, lähelle taloja. Niiden tyhmemmät toverit ovat jo jonkun pakastimessa. Sama alkaa taas seuraavana vuonna. Virallinen metsästyskausi jatkuu, mutta metsästäjät ovat poissa.

Me nostamme laiturin portaat maihin, viemme puutarhatuolit ja pöydät varastoon ja kytkemme saunan vesipumpun irti. Lapset ovat jo aikoja sitten menneet takaisin kouluun. Päijänne tuntuu jotenkin madaltuneen, ja se valmistautuu lumeen ja jäähän. Joka vuosi marraskuussa vesi on alimmillaan. Rauha laskeutuu järven ylle, ja se alkaa näyttää harmaalta ja hiljaiselta. Rannat jäätyvät aina ensin, sitten yhä suurempi osa järveä, kunnes sen pinnasta tulee kiiltävän harmaa ja liikkumaton. Suurin osa mökeistä on tyhjillään talven ajan, asukkaat palaavat kenties vain jouluksi tai jäävät odottamaan seuraavaa kesää. Valo hiipuu nopeasti, ja päivän tuntienkin aikaan on hieman hämärää, kunnes ilta tummuu jo varhain.

Kun talvet ovat olleet "hyviä" ja todella kylmiä, jääpeite on paksuuntunut nopeasti, hyvissä ajoin ennen joulua, ja ensilumi on valkaissut jäänpinnan.    Ihmiset odottavat aina innokkaina, että jää alkaa kantaa. Joku rohkea on aina ensimmäisenä lähtemässä seikkailemaan kymmenien metrien päähän rannasta. Kuten aiemmin totesin, riski on olemassa, mutta järven elämä alkaa taas tästä.    Pilkkijät ilmaantuvat järvelle kelkkoineen ja rekineen syöttipakit mukanaan ja pysähtyvät sinne, mistä uskovat kalaa nousevan. He kairaavat reiän jäähän ja kumartuvat sen ylle odottamaan.    Rouvat alkavat ulkoiluttaa koiriaan jäällä, tapaavat muita kyläläisiä; tehdään jääteitä, joita pitkin autot ja moottorikelkat voivat ajaa eri saarille. Traktorit ja kuorma-autot vievät usein tavaraa jollekin saarelle remonttia varten, raskaiden tavaroiden kuljettaminen jäätietä pitkin on paljon helpompaa kuin veneellä.

Muutamat viime talvet ovat olleet "huonoja". Ihmiset sanovat, ettei talvien säiden vaihteluilla ole mitään tekemistä ilmaston lämpenemisen kanssa. Olkoon miten tahansa, järvenpinta on kuitenkin jäätynyt vasta hyvän tovin joulun jälkeen sekä lasten että aikuisten pettymykseksi, mutta Jorman iloksi, jonka kalastuskausi sai näin jatkua paljon tavanomaista kauemmin. Lumettomat talvet olivat hyvin pimeitä. Pimeät talvet lisäsivät ihmisten kaamosmasennusta. Me emme onneksi kärsineet valonpuutteesta niin paljon, mutta kaipasimme jäänpinnan huurteista kimallusta kirkkaina talvi-iltoina.

Muutamien talvien ajan jouduimme odottamaan helmikuuhun asti, kunnes pakkanen laski -30 asteeseen ja lumi oli puuterilunta. Helmikuussa päivä on jo paljon pidempi kuin joulun alla ja valo paljon kirkkaampaa. Kun pakkanen on pitkään kireää, Päijänteen jääpeite saattaa olla jopa 80 senttiä paksu, enemmänkin. Silloin se kestää lähes millaisen painon tahansa ja tekee pilkkimisestä melkein mahdotonta. Olen saanut muutaman kerran Celiankin mukaan lähtemään kauppaan jäätietä pitkin. Matka on joka tapauksessa hyvin lyhyt, mutta jäällä ajaminen tuntuu aina jonkinlaiselta seikkailulta.

Tyttäremme perheineen tuli erään kerran helmikuussa meille pariksi viikoksi jotta lapset saisivat nauttia hiihtämisestä. Vävymme Neil odotti innokkaana jäätiellä ajoa. Hän oli tietenkin kävellyt jään pinnalla talomme edustalla, missä vesi oli matalaa, mutta missä lapset kuitenkin olivat pyytäneet häntä olemaan varovainen ilman vaaria. Ikään kuin minusta olisi ollut suurikin apu! Eräänä aamuna Neil päätti yrittää. Kaupasta piti ostaa jotakin, ja Neil kysyi, jos voisin lähteä hänen ja lasten mukaan. Hänestä tuntuisi varmemmalta, jos olisin mukana autossa. Saaremme yhdistyy mantereeseen kapealla puusillalla, ja tie viettää sillä kohdin hieman alas järvelle ja liittyy jäätiehen, jota leikkisästi kutsumme "moottoritieksi". Se on aika leveä traktoreiden auraama väylä. Naureskelin lasten jännityksen kiljahduksille kun nastarenkaat viimein pureutuivat jäänpintaan ja auto oli järvellä. Neil näytti yhä hieman pelokkaalta, mutta jää oli vahvaa kuin betoni. Hän ajoi noin kilometrin verran lahden keskelle, josta saatoimme nähdä lumen peitossa olevan talomme. Neil oli yhtä hymyä, ja lapset olivat kerrankin aivan hiljaa pohjoisen tutkimusmatkan mykistäminä; tästä retkestä kerrottaisiin koulutovereille Devonissa! Heille pieni ajomatkamme oli ollut taianomainen kokemus, niin kuin vain Suomessa voi olla.

Kaksi edellistä talvea ovat olleet uskomattoman kauniita ja pitkiä – ja hyvin kylmiä. Suomeen on satanut ennätysmäärät lunta, ja lämpötila pysytellyt koko ajan -25 asteen tienoilla, joskus laskenut jopa lähelle -40 astetta öisin. Lumi on ollut puuterilunta, ilmavaa ja pehmeää, kuin kuivaa valkoista pölyä. Tyttärenpoikiemme oli mahdotonta tehdä siitä lumiukkoja puutarhaan. Näiden arktisten kuukausien jälkeen jopa suomalaiset alkoivat valittaa ja kaivata lämpimämpää säätä. Helsingissä ilmoitettiin, että lumenkaatopaikat alkoivat täyttyä, ja jotkin lumikasat olivat niin korkeita, ettei niiden uskottu sulavan edes kesällä. Yhdestä talvesta suoraan toiseen! Asiantuntijoiden mukaan ilmasto kuitenkin lämpenee koko ajan.

Meidän Päijänteen kolkkamme on pitkä niemi, jonka päässä on satama vanhan tehtaan vieressä. Järvi kapenee mantereen ja meitä vastapäätä olevan suuren saaren välillä. Talvisin tässä pullonkaulassa kävely altistaa aina purevalle viimalle luonnon muovaamassa tuulitunnelissa. 20 asteen pakkasessa tuntuu kuin kävelisi pohjoisnavalla (kuvittelen näin, vaikken ole siellä koskaan käynyt). 30 asteen pakkasessa on peitettävä suu ja sieraimet, ja silmät alkavat vuotaa piiskaavassa tuulessa, joka saa pakkasen tuntumaan vieläkin kylmemmältä. Hengitys jäätyy, parta kovettuu kivikovaksi. Tästä huolimatta olo on terve ja puhdas. Kotona odottaa drinkki kun on päässyt pois paukkuvalta jäältä eikä tarvitse pelätä sen räjähtämistä. Tällaista ei tietenkään tapahdu, ainakin toivon niin.

Ja talveen liittyy tietenkin joulu. Voiko olla romanttisempaa ja perinteisempää valkeaa joulua kuin suomalainen joulu? Suomi on joulupukin maa. Finnairin koneiden kyljessä on joulupukki poroineen, matkustamossa saa jouluruokaa, lentoasema on saanut joulukoristeet. Suomi on yhtä kuin joulu. Ihmiset kaikkialta maailmasta saapuvat Lappiin joulua viettämään ja tapaavat joulupukin, ennen kuin hän lähtee pitkälle matkalleen. Joulupukin lähtö korvatunturilta nähdään ympäri maailmaa TV:n välityksellä. Joulupukin rekeä vetää tietenkin kuuluisa poro, Petteri Punakuono. Vuosia sitten kerroimme tyttärenpojillemme, että olimme nähneet pukin lähtevän pajastaan tuomaan lahjoja koko maailman lapsille, ja toinen pojista huomautti, että kylläpä pukki matkustaa nopeasti, kun joulusukat oli jo ripustettu takan reunalle heidän kotiinsa Devoniin.

Kesämökkien asukkaat palaavat monen kuukauden jälkeen viettämään joulun pyhiä. Kirkkaat jouluvalot saavat maiseman näyttämään kuin suoraan satukirjasta, muistuttaen pohjoisen taruista ja legendoista, joissa oudot oliot tanssivat lumisessa metsässä. Joka talon kuistille ja puutarhoihin sytytetään tervetulon toivotuksena kynttilöitä, pieniä ilon ja toivon liekkejä. Vanhan kansan metsän jumalat, Tapio ja Mielikki, liikkuvat hiljaa joka kiven ja kannon takana herätellen eläimet ja ihmiset viettämään juhlien juhlaa.

Jotkin kynttilät sytytetään jäälyhtyihin, jotka valmistetaan yksinkertaisesti jättämällä puolillaan oleva muoviämpäri ulos jäätymään. Kun vesi on jäätynyt ämpärin pinnalta ja reunoilta, ämpäri kumotaan ja jäätymätön vesi kaadetaan pois. Näin lyhdyn sisään jää tila kynttilälle. Jään läpi välkkyvä kynttilänvalo on uskomattoman kaunista. Kysyimme ystäviltä lyhdyntekoohjeita ja yritimme itsekin, mutta käytimme ensin sinkkiämpäriä, ja tuloksena oli pelkkää jäämurskaa. Kun on annettu ohjeet käyttää muoviämpäriä, näin on tehtävä liikoja kyselemättä. Olemme sittemmin tehneet jäälyhtyjä monta kertaa, ja ne näyttävät todella kauniilta ja saattavat pakkasten kestäessä säilyä läpi koko talven.

Olemme joskus käyneet kävelyllä jouluaaton pimeydessä ennen perinteistä joulusaunaa ja poikenneet läheisellä kirkkomaalla, jonne suomalaiset menevät joka joulu sytyttämään kynttilöitä rakkaittensa haudoille. Hautausmaa on rinteessä ja kirkon portailta näyttää, kuin alapuolella olisi kokonainen vilkkuvien valojen kaupunki.

Joulupäivänä järvi on hiljainen. Iltapäivällä hiihtäjät tulevat ladulle toivuttuaan edellisen illan ruuasta ja juomasta. Vähemmän urheilulliset ihmiset lähtevät kävelylle toivoen, että Päijänteen pureva tuuli veisi viimeisetkin Koskenkorva- tai vodkahuurut mennessään. Me pitäydymme englantilaisessa perinteessä ja vietämme joulua joulupäivänä. Hirvipaisti ja joulukinkku sulavat mukavasti torkahdellessamme television edessä, jota ilman joulupäivänä ei tapahtuisi mitään.

Talvisin paras näkymä majesteettiselle Päijänteelle on Tehiltä, jossa sisävesialukset pysähtyvät matkalla Jyväskylästä Lahteen. Pitkän laiturin päästä suuri Päijänne avautuu hiljaisena ja rauhallisena, avaraa lumen peittämää pintaa täplittävät vain pienet saaret siellä täällä. Horisontin rantaviivaa on lähes mahdoton nähdä noin 35 kilometrin päässä Sysmässä.

Erään ystävän mukaan pitkä Päijänne on luonnollinen raja-aita heimojen välillä. Se jakaa jurot ja varautuneet hämäläiset ja avoimet, lupsakkaat savolaiset. Tunnemme vain yhden savolaisen, joka on asunut kauan ulkomailla ja matkustellut paljon ympäri maailmaa. Hän ei ole erityisen ihmisrakas, joten hän sopii huonosti savolaiseen stereotypiaan.

Olemme vieneet ystäviä ja sukulaisia Tehille ja näyttäneet heille metsätien Ruoholahdelle, joka on kuin suoraan joulukuisesta postikortista. Kaikki ovat poikkeuksetta ihastelleet Päijänteen talvista kauneutta. He ovat olleet eri-ikäisiä, mutta kaikki ovat silti tehneet enkeleitä lumeen ja peuhanneet kinoksissa laiturin vieressä. Suomen puhdas talvimaisema tuntuu herättävän kaikissa lapsen- mielistä riehakkuutta.

Päijänteen jäällä ajellaan moottorikelkoilla. Olen aina katsellut niitä kiinnostuneena kaupoissa, jopa ajatellut ostaa sellaisen. Ne ovat näyttäviä ja värikkäitä, vaarallisia voimanpesiä; niitä ei tunnu pysäyttävän mikään. Järven tasaisella jäällä ne ajavat hirmuista nopeutta ja nostattavat perässään valkoisia lumipilviä. Ajajat näyttävät vaarallisilta tummissa haalareissaan ja kypäröissään. Moottorikelkat ovat erimerkkisiä ja niitä on kaikenkokoisia, mutta niitä kaikkia yhdistää nopeus.

Ari ajoi yhtenä päivänä meille kylään Päijänteen poikki ja antoi minun kokeilla kelkkaansa. "Se on vain 250-kuutioinen", hän sanoi. Ajaminen oli hauskaa ja vaarallista. Kelkkaa ei voinut kallistaa mutkissa kuten moottoripyörää, se tuntui jäykältä ja valmiilta keikahtamaan kumoon minä hetkenä hyvänsä. Meno oli kuitenkin nopeaa ja jännittävää. Matka, joka kesällä soutuveneellä kestää noin 20 minuuttia taittui nyt muutamassa hetkessä. Celia vastustaa moottorikelkka-innostustani, se kaiketi tulee jäämään vanhan miehen haaveeksi.

Jotkut työt voidaan tehdä järvellä helpommin talvisin. Jokunen vuosi sitten kyllästyimme rantamme runsaaseen kaislakasvustoon. Se oli pitkää ja tiheää, ja oli todella vaikeaa kävellä veteen joutumatta miljoonapäisen hyttysparven ahdistelemaksi. Olimme aiemmin nähneet, kuinka eräässä talossa oli ryhdytty työhön nostamalla kaislat kaivurilla juurineen vedenpohjasta. Kaislat saatiin hävitettyä, mutta muistelimme, että sen jälkeen järven vesi pysyi kauan hyvin tummana ja sameana.

Otimme yhteyttä moniin ihmisiin, kyselimme mielipiteitä ja ideoita. Joku ehdotti toimenpidettä, jolla oli saatu hyviä tuloksia hyvin erilaisissa paikoissa, eikä järvivesi ollut hetkeksikään samentunut. Päätimme turvautua tähän menetelmään. Miehemme teki hyvin selväksi, että tätä metodia voitiin käyttää vain talvella, ja vain silloin kun jää oli tarpeeksi paksua kantamaan kuorma-auton painon. Emme aivan ymmärtäneet, mitä hän ajoi takaa, mutta päätimme ryhtyä työhön. Talvi oli ollut hyvin kylmä, pakkasta oli ollut yli 20 astetta jo jonkin aikaa, joten olosuhteet tuntuivat sopivilta.

Pakkanen oli kuivattanut kaislat ja lumi taivuttanut ne kiinni jäähän. Määräpäivänä, täsmällisesti kuten suomalaisen kuuluukin, Heikki (suosittu nimi Suomessa) tuli valtavalla traktorillaan järven poikki kantaen jotakin etukuormaajan kauhassa. Se osoittautui valtavaksi, paksuksi huopamatoksi, jollaista käytetään teiden pohjana. Iso rulla näytti erittäin painavalta. Matto levitettiin huolellisesti rantaa peittävien kaislojen päälle useiden metrien päähän rannasta. Uteliaisuutemme kasvoi minuutti minuutilta. Kun matto oli levitetty, Heikki istuutui odottamaan. Olimme ällikällä lyötyjä.

Hetken kuluttua portistamme ajoi kuorma-auto lavallaan tonnikaupalla hiekkaa. Auto peruutti rantaa kohti puutarhamme

177

läpi, ja onneksi maa oli umpijäässä, sillä muuten leveät renkaanjäljet olisivat olleet näkyvissä koko kesän.

Hiekka kipattiin suureksi kasaksi huopamaton päälle, ja Heikki levitti sen traktorilla tasaisesti, niin että maton päälle jäi joka kohtaan noin 20 sentin kerros, ei enempää eikä vähempää. Heikki käsittelee traktoria erinomaisesti, ja työ saatiin valmiiksi varsin lyhyessä ajassa, vaikka käsiteltävä alue oli suuri. Loppujen lopuksi valkea, lumen peittämä ranta oli muuttunut lähes rakennustyömaaksi, sillä valkoisen lumen ja tumman hiekan kontrasti oli suuri. Heikki lähti traktoreineen paluumatkalle Päijänteen poikki vakuutettuaan ensin meille, että keväällä kaikki näyttäisi täydelliseltä. Saatoimme vain uskoa häntä, ja palasimme Englantiin toivoen, että hän olisi oikeassa.

Kun keväällä palasimme, meitä vastassa oli upea, hieman veteen viettävä hiekkaranta. Kaislat olivat poissa. Kun jää oli sulanut, Heikin levittämän hiekan paino oli hitaasti vetänyt huopamaton pohjaan, ja kaikki kasvillisuus oli rusentunut maton alle jättäen jäljelle vain upean, kirkasvetisen lahdelman. Niin uskomattoman yksinkertaista!

Erinomainen tulos on kestänyt neljä vuotta, ja vasta nyt alamme nähdä joidenkin kaislojen pistävän esiin. Järven pohjavirtauksien voima on pikkuhiljaa vuosien varrella työntänyt huopamaton reunoja sinne tänne ja paljastanut alkuperäistä kaislojen kasvualustaa. Tarvitaan vain toinen kylmä talvi, muutama tonni hiekkaa, ja rantamme on jälleen kerran puhdas ja kirkasvetinen tarjoten vapaan näkymän Päijänteelle.

Normaalisti huhtikuun tienoilla jäähän ilmestyy railoja, joiden verkko levittäytyy hiljalleen koko järvelle, ja jäälle alkaa

178

kerääntyä vesilammikoita. Jää vetäytyy rannoille ja sulaa sihisten hiljalleen pois. Vuodenkierto jatkuu.

# POLITIIKKA

Suomi on itsenäistyttyään ollut demokraattinen tasavalta. Suomella on presidentti, pääministeri joka johtaa hallitusta, sekä eduskunta. Puolueet voidaan jakaa vasemmistoon, oikeistoon ja keskustaan. Hallitukset ovat yleensä koostuneet vasemmistosta ja keskustasta. Tämä on ehkä yksinkertaistettua, mutta Suomessa kaikki on yksinkertaisesti mutkatonta. Politiikan ei anneta häiritä elämää, kuten ei työnkään.

Politiikasta ei puhuta tai kiistellä. Vaalit tulevat ja menevät, ja suomalaiset äänestävät ahkerasti ja hyväksyvät vaalien tuloksen. Se siitä.

Asuttuani Suomessa pitkiä aikoja monen vuoden ajan, voin turvallisesti sanoa, että hallitustason korruptio ja juonittelu Eurooppalaisen mittapuun mukaan on olematonta. Monet valtiot olisivat onnessaan, jos voisivat sanoa samaa, etenkin useat Keski-Euroopan maat. Suomalainen moraali perustuu vain kahteen väriin. Valkoiseen: laskut on maksettava ajallaan, lupaukset on pidettävä ja sääntöjä noudatettava. Mustaan: laskut jätetään maksamatta, verottajaa vältellään, ollaan epäluotettavia. Välimuotoja ei tunneta, selityksiä ei suvaita.

Tässä alkukantaisessa ja yksinkertaisessa – joskin virkistävässä – ajattelumallissa väärintekijää rangaistaan. Ennen muinoin rangaistus oli mestaus tai elävänä polttaminen tai petojen ruuaksi jättäminen. Modernissa Suomessa rangaistuksena on virasta tai toimesta eroaminen.

Olemme Englannissa tottuneet siihen, että poliitikko pitää virastaan kiinni niin lujasti kynsin hampain, että vaikka hänet olisi

180

todettu syylliseksi moraaliseen tai poliittiseen rikkomukseen, hän ei ymmärrä erota kunniallisesti. Heistä on monissa tapauksissa tullut julkisuuden henkilöitä virheittensä takia, vaikka eivät olisi saaneet mitään aikaan poliittisella saralla uransa aikana. Heillä ei koskaan näytä olevan rohkeutta tai rehellisyyttä pyytää anteeksi ja kadota historiaan.

Suomessa tällaiset harvinaiset henkilöt poistuvat, hyväksyen virheensä ja puutteensa toivoen näin voivansa katsoa jatkossakin naapureitaan silmiin. Jokainen voi epäonnistua jossain elämänsä vaiheessa. Englannissa korruptoituneet poliitikot ovat virheistään lähes ylpeitä ja näyttelevät loukattua osapuolta hyvin teatraalisesti sen sijaan, että ymmärtäisivät lopettaa.

Kuten elämässä yleensäkin, kuntien politiikka on mahdollisimman kaukana kaupunkien politiikasta. Kunnanvaltuutetut tuntevat äänestäjänsä ja yrittävät hoitaa tehtävänsä parhaansa mukaan. Heillä ei kuitenkaan välttämättä ole teknistä tietämystä siitä, miten nykyaikaisia budjetteja laaditaan tai valvotaan sillä seurauksella, että päätöksiä ei synny ja asiat jätetään sikseen. Tämä ei paranna kunnan imagoa tai palveluita. Valtuutetut ovat rehellisiä, perheellisiä, suosittuja ihmisiä, joille kunnan etujen ajaminen on kuitenkin vierasta. Vaikka ihmiset nurisevat selän takana, kukaan ei kuitenkaan halua loukata naapuria tai ystävää valittamalla suoraan.

Huvittava esimerkki tästä on pieni tutkimusmatka, jonka teimme toisen tyttäremme ja hänen miehensä kanssa. Olimme jo kauan miettineet, mikä kaukana horisontissa siintävä, puiden latvojen ylle kohoava kohde oikein olikaan. Se oli kuulemma vanha mäkihyppytorni, sieltä olisi loistavat näköalat. Niinpä ajoimme eräänä aurinkoisena päivänä noin 30 kilometrin matkan yrittäen

181

seurata suuntavaistoamme päästäksemme hyppyrin juurelle. Mitään tienviittoja ei ollut, vaikka kohde mainitaan monissa alueen turistioppaissa.

Lopulta näimme pienen puisen tienviitan ja seurasimme sitä päätyen kiviselle tielle, joka johti kukkulalle. Siellä olimme lopulta aukiolla, rinne toisella puolella ja ränsistyneet rakennukset toisella, keskellä joutomaata. Näytimme olevan ainoat vierailijat, ja paikan yllä leijaili epämiellyttävä tuntu. Katselimme ihmetellen ylös betonitorniin. Neliskulmaisen tornin yhdessä kulmassa oli avoin ovi, josta menimme sisälle. Siellä oli pieni aula, jonka seinustalla oli esitteitä sekä mainoksia lähellä olevasta Himoksen laskettelukeskuksesta.

Katsoimme epäuskoisina hissiä ja toisiamme. Hissi ei varmaankaan ollut käyttökelpoinen. Toisaalta esitteet näyttivät asiallisilta ja uusilta, vaikkakin meistä olisi tuntunut mukavalta tavata edes yksi elävä ihminen. Päätimme ottaa riskin ja mennä hissillä. Keräsimme rohkeutemme, hengitimme syvään ja painoimme kutsunappulaa. Lopulta kuulimme hissin liikkuvan. Nousimme pieneen huoneeseen, jonne kilpahyppääjät olivat ennen kerääntyneet, emmekä vieläkään nähneet ketään. Nousimme pari askelmaa ylöspäin ja päädyimme isompaan, pyöreään lasiseinäiseen huoneeseen, josta avautuva näköala oli kerrassaan huimaava. Ei vieläkään ketään.

Kävelimme huonetta ympäri ja yllätykseksemme näimme yhtäkkiä ihmisen ilmaantuvan matalan tiskin takaa. Siellä istui nuori mies jakkaralla esitteiden ja mainosmateriaalin keskellä. "Hei", hän sanoi. Epätodellista. Ostimme häneltä jäätelöt ja kysyimme, oliko ollut kiirettä. Hän oli kesätöissä ja "kyllä", oli ollut kiirettä. Tornissa oli käynyt meidän lisäksemme neljä ihmistä sinä päivänä. Todella kiireistä!

Tämä on pieni esimerkki kohteesta, jota voitaisiin näyttää ja esitellä kansainvälisestikin. Ylhäältä aukeava näkymä on uskomaton. Ympäröivä maaseutu on hyvin kaunista, mutta kunnanvaltuusto on siitä huolimatta sallinut rakennusten mennä huonoon kuntoon. Tornia ei ole asianmukaisesti mainostettu, jotta kuntaan saataisiin tuloja, eikä tornin juurella olevaa maata kunnostettu. Todella surkeaa. Eikä kukaan tunnu mainitsevan tästä tai valittavan, eikä valtuustoa pyydetä eroamaan. Suomalaiset eivät valita.

Euroopan unioni on omalla tavallaan herätellyt kansan kiinnostusta politiikkaa kohtaan, yksinkertaisesti siksi, että epäsuosituimmista päätöksistä voidaan nykyään syyttää Brysseliä, usein vieläpä hyvällä syyllä. Kurkkujen koko ja kaarevuus on päätetty siellä, samoin siellä yritettiin kieltää tervan käyttö vanhojen rakennusten ja kirkkojen kattojen puunsuojana. Päätöksille purnataan, niitä arvostellaan ja niistä keskustellaan muutaman minuutin ajan, ja sitten ne hyväksytään tapahtuneena tosiasiana.

Kun Suomi liittyi unioniin, markka siirtyi historiaan ja käyttöön otettiin euro. Kansa oli tyytyväinen tähän historialliseen päätökseen. Idän ja lännen välillä oli tasapainoteltu vuosikaudet, Suomi oli nyt osa läntistä maailmaa. Talouskasvu oli nopeaa. Kaikki tapahtui rauhallisesti eikä euroon siirtyminen aiheuttanut mitään traumoja, kun markkaa ja euroa käytettiin siirtymäajan rinnakkain. Kaikenikäiset ihmiset saivat kattavat ohjeet, ja lähes yhdessä yössä he oppivat tunnistamaan uudet kolikot ja setelit. Täytyy tunnustaa, että olin ihmeissäni, kuinka vanhatkin ihmiset hallitsivat uuden valuutan vähääkään epäröimättä varmuudella, joka saattoi meidät häpeään. Kaikessa oli kyse hallituksen päätöksen hyväksymisestä. Kansa valitsee eduskunnan, ja hallitus koostuu ihmisistä, joiden tehtävänä on kansan hyvinvoinnin säilyttäminen ja edistäminen. Heitä täytyy totella ja heihin täytyy luottaa. He ovat suomalaisia.

Bryssel onkin sitten kokonaan toinen juttu. Susiasia on herättänyt monissa ihmetystä, kun niitä on Suomessa Unionin mielestä liian vähän. Unionin virkamiehet päättivät viisaudessaan, että kun Suomen kerran tulee ottaa vastaan oma osansa maahanmuuttajista ja "turvapaikkaa" hakevista pakolaisista, hallituksen pitäisi myös auttaa ympäristöä lisäämällä susikantaa. Sudet ovat nyt suojeltuja. Koirat ja muut kotieläimet sekä lapset eivät tarvitse suojaa susilta... Olen kuullut, että kun tietyissä osissa maata kotieläimiä on raadeltu ja susien nähty kulkevan pitkin kylänraittia, susikanta on yllättäen vähentynyt. Sutta voi mitä ilmeisimmin luulla helposti hirveksi metsän hämärässä, ja erehdys huomataan aina vasta liian myöhään. Olen jo aiemmin todennut, että suomalaiset ovat käytännöllisiä.

Yritys kieltää tervankäyttö oli myös kyseenalainen Brysselin päätös. Tervaa on käytetty Suomessa vuosisatojen ajan puunsuojana veneissä, rakennuksissa ja kirkkojen katoissa. Se antaa puulle mustan kiillon, se on vedenpitävää ja se tuoksuu terveelliseltä. Muistan lapsuudessani maistaneeni tervan makuisia yskänpastilleja, niitä pidettiin yleisesti keuhkoille terveellisinä. Muistan myös katselleeni valtavia tienpäällystyskoneita, höyryävä musta piki haisi tervalle.

Kun kesät ovat hyvin kuumia – ja ne voivat olla jopa Suomessa – terva sulaa ja valuu pitkin kattoja ja se kerätään sopiviin paikkoihin sijoitettuihin tynnyreihin uusiokäyttöä varten. En usko, että kukaan on kuollut tervahuuruihin, vaikkei minulla tilastotietoa olekaan. Yhtäkkiä Brysselissä päätettiin, ettei tervan käyttöä voi enää sallia. Tämä herätti yleistä ihmettelyä, ikään kuin Brysselissä ei olisi ollut muuta pohdittavaa. Suomalaiset nousivat puolustamaan tervankäyttöä, ja mäntytervan käyttö on nykyään Suomessa sallittua.

Olemme Suomessa asuessamme käyneet läpi kahdet presidentin vaalit ja kahdet eduskuntavaalit. Martti Ahtisaaren – maailmalla arvostettu valtiomies – jälkeen presidentiksi valittiin Tarja Halonen, joka on istuva presidentti tälläkin hetkellä. Vaalit käytiin läpi suomalaiseen tyyliin rauhallisessa hengessä. Kylällä pystytettiin muutamia vaalimainoksia, televisiossa käytiin muutamia vaalikeskusteluja, joissa toimittajat yrittivät virittää väittelyä. Siinä kaikki.

Eduskuntavaaleista ei syntynyt juurikaan enempää meteliä. Vaalipäivä oli merkitty kalenteriin liputuspäiväksi. Vaalit tulivat ja menivät ilman ongelmia, ja vaalimainokset katosivat jälkeä jättämättä. Uusi hallitus muodostettiin, eikä se juuri poikennut edellisistä, jotka nekin olivat olleet mukiinmeneviä.

Täytyy todeta, että Suomessa poliitikoilla ja toimittajilla on yleisöstään huomattavasti korkeampi käsitys kuin useimmissa muissa maissa, joissa ihmisiä kohdellaan halveksivasti, ylimielisesti ja korskeasti. Kun Suomessa on niin vähän asukkaita, täällä on vielä mahdollista osoittaa sormella vastuunkantajaa. Poliitikot eivät elä paratiisissa erillään maan todellisuudesta, koskemattomina ja kaukaisina. Täällä heillä on kesämökit järvien rannoilla, pienissä kylissä, missä heidän kanssaan voi keskustella ja katsoa heitä suoraan silmiin.

Sinä päivänä, kun olimme Veikon 60-vuotisjuhlissa, söimme pienen lounaan tilan kunnostetussa, siivotussa ja kylän tyttöjen koristelemassa navetassa. Yhdessä häthätää kootussa pöydässä istui eräs ministeri vaimonsa kanssa, hän oli Veikon kouluaikainen ystävä. Siinä hän istui, vanhassa navetassa, yksi vieras monien joukossa metsän keskellä.

Outoa kylläkin, vasemmisto on olemassa huolimatta Suomen ja Venäjän aikaisemmista suhteista. Tässäkin asiassa mennään suomalaisella tavalla, he eivät edusta mitään äärilinjaa. Onhan maa taloudellisesti vakaa, teknologisesti edistynyt, arvostettu ja tunnustettu maailmalla, ja täällä osataan käyttää maalaisjärkeä. Tässä globaalissa ympäristössä, missä kaikenlaiset yritykset ovat kosketuksissa toisiinsa näkymättömillä napanuorilla, kansainvälisiä taloudellisia ongelmia ilmenee pakostakin. Oppositiopolitiikka, jos sitä tehdään rakentavalla tavalla, on vain hyödyllinen ja positiivinen tekijä pitämään vallassa olevat puolueet varpaisillaan. Suomen vasemmisto on maassa vallitsevan käytännöllisyyden ilmentymä. Maan etu tulee aina ensin, ja kompromisseja joudutaan tekemään kaikkien hyödyksi oikeaan demokraattiseen tapaan.

# TYÖMIEHET

Meidän piti kerran kutsua sähkömies. Osaan jotenkuten vaihtaa lampun tai asentaa jouluvalot – ne kääritään aina joulun jälkeen varastoon halon ympärille, jotta ne eivät sotkeennu, mutta kun ne seuraavana jouluna otetaan varovasti esille, niissä on aina rikkoontuneita lamppuja. Muita sähkötöitä en juuri osaakaan, etenkään nykyisen EU-hallinnon aikana, kun on säädetty, että niitä saa tehdä vain valtuutettu sähköasentaja.

Sähkömiehemme nimi oli Tapio – jälleen kerran metsän jumalan mukaan, sekä yleisesti lempinimeltään Tapsa – ja hän asuu melko lähellä meitä. Hän on hyvin miellyttävä mies, hänellä on samanlainen harmaa parta kuin minullakin, ja hän puhuu poikkeuksellisen hyvää englantia, jonka on oppinut kuuntelemalla ja katselemalla englanninkielisiä TV-ohjelmia.

Tapsa tuli melko myöhään illalla kireässä pakkasessa. Hän tarkisti sulakekaapin talon ulkopuolella. Hän tuli myös sisään (ehkä hieman lämmitelläkseen) ja testasi sisällä olevan sähkökaapin sulakkeet. Hän vaihtoi yhden ison autotallin sulakkeen, joka ei ilmeisesti ollut riittävän tehokas ja ongelma ratkesi. "Paljonko olen velkaa?". "Viisi euroa", oli vastaus. Niin, viisi euroa.

Tapsa on ollut meillä sen jälkeen monta kertaa useistakin eri syistä: uusi sähkölämmityssysteemi, uudet pistorasiat, uudet johdot, puutarhan liiketunnistimet jne. jne. Joskus hän on veloittanut yllämainitut viisi euroa, joskus taas enemmän. Usein hän on tehnyt työt valmiiksi yksinään sillä välin kun olemme olleet Englannissa. Kutsumaksu, johon olemme Englannissa niin tottuneet, ei vielä ole rantautunut Suomeen. Kylässämme Tapsa

187

on tyytyväinen asiakkaisiinsa ja haluaa pitää heidät. Hän tapaa heitä säännöllisesti, törmää heihin marketeissa, rautakaupoissa, kukkakaupassa ja baarissa; hän tietää, että jos hän tänään veloittaa pienestä työstä 50 tai 100 euroa, huomenna ei tule euroakaan, vain vihaisia mulkaisuja. Hän tietää myöskin, että viisi euroa tänään tuskin kattaa bensakuluja tai lämmintä juomaa ulkotöiden jälkeen, mutta ne saattavat merkitä tuottavampaa työtä huomenna. Suomalaiset ovat käytännöllisiä.

Aivan ensimmäisellä kerralla, kun Tapsa kävi meillä, hän ei puhunut lainkaan englantia. Hän oli melko varautunut ja näytti tyytyvän putkimies-Harrin tulkkaukseen siitä, mitä tarvitsimme. Näin sujui siihen asti, kunnes Celia katsoi häneen ja kysyi suoraan, oliko työ vaikea. "A piece of cake" (helppo nakki) oli Tapsan vastaus, joka annettiin pilke silmäkulmassa. Tapsan ujous on nyttemmin hävinnyt, ja hän on auttanut meitä monessa sähköasiassa. Nyt hän keskustelee kanssamme hyvällä englanninkielellä. Joskus hän vieläkin veloittaa perinteiset 5 euroa ja juo kanssani oluen keittiön pöydän ääressä.

Mainitsin Tapsalle kerran, että olisi hyvä saada pistorasia ulos puutarhavaloja varten. Puutarha näyttäisi todella eksoottiselta talvi-iltoina, jos siellä olisi muodikkaat, sienenmuotoiset pienet koristevalot. Tapsa hymyili tälle lapsellisuudelle. Ehdottamamme valot peittyisivät kokonaan lumeen, ja pistorasia ehdottamassamme paikassa seinän alaosassa olisi laiton ja vaarallinen. Me punastelimme ja päädyimme suurempiin valoihin ja pistorasiaan, joka laitettaisiin lähes silmänkorkeudelle. Suomi on todellakin erilainen.

Harri on toinen esimerkki. Hän on pitkä, vaalea ja vahva rallikuski, kylän putkimies. Hän ja Seppo, automekaanikko, ovat monesti osallistuneet rallikisoihin. Putkityöt ovat Suomessa melko outoja. Kaikki putket ovat piilossa eivätkä näytä koskaan jäätyvän, eivät edes 40 asteen pakkasessa. Pyysimme Harria asentamaan ulkohanan talon takaosaan, jotta voisin kastella kasveja ja pestä auton vetämättä perässäni 80 metriä letkua. Se menee aina raivostuttavasti mutkalle alkupäästä, niin että vain pari tippaa tulee suuttimesta ulos. Harri tuli täsmällisesti kuten kaikki tässä maassa ja teki töitä noin 45 minuuttia. Hän porasi reiän suihkuhuoneen seinään ja kytki kylmävesiletkun hanaan, jonka hän asensi seinän ulkopuolelle. Kun työ oli tehty, hän neuvoi meitä vääntämään hanan kiinni niin, ettei putkeen jäisi vettä.

Kyseessä on normaali teräshana talon ulkopuolella. Se on kytketty samaan järjestelmään kuin pesuhuoneen altaat. Pakkasta on myöhempinä talvina ollut pitkään lähes 40 astetta, mutta kyseinen hana ei ole jostain syystä koskaan jäätynyt. Emme voi olla tekemättä noloja vertailuja Englantiin, missä kaikki jäätyy heti kun lämpötila on nollassa.

Kerran Harrin piti tehdä jokin melko vähäpätöinen työ; en ala pelleillä veden kanssa. (Kun olimme juuri menneet naimisiin ja asuimme Milanossa aistikkaassa, pienessä huoneistossa, päätin eräänä iltana laittaa kaasulla toimivan vedenlämmittimen kuntoon. Se päättyi siihen, että seisoin jalat harallaan ammeen molemmin puolin pidellen sateenvarjoa, yrittäen tyrehdyttää kylmää vesisuihkua, joka ryöppysi kirotusta laitteesta, turhaan. Meidän täytyi kutsua asiantuntija paikalle.)

Harri teki töitä noin 20 minuuttia, ja kysyin sitten normaaliin tapaan, paljonko olen velkaa. Viisi euroa, oli vastaus. En tiedä, olivatko Tapsa ja Harri sopineet asiasta keskenään. Aloin uskoa, että Suomessa kaikki pienet sähkö- ja putkityöt maksavat aina 5 euroa.

Harri tulee taloomme joka syksy kun olemme Englannissa. Hän tietää kaikki salaisuutemme, ja tulee sisään irrottamaan puutarhasaunan pumpun, jonka hän on asentanut vuosia sitten, jotta saamme järvestä juoksevaa vettä. Pumppu varastoidaan hänen lämpimään autotalliinsa talven ajaksi ja asennetaan taas paikoilleen keväällä. Harri on tehokas, luotettava ja rehellinen. Mitä muuta voisimme toivoa?

Alussa ei ollut helppoa. Emme tunteneet paikallisia ihmisiä, ja korkean kielimuurin takia emme pystyneet selvittämään, mitä talossa tai sen ulkopuolella piti tehdä. Meidän täytyi turvautua muutamiin satunnaisiin tuttavuuksiin, jotka ehdottivat sitä tai tätä puuseppää, katontekijää tai yleismiestä. Me olimme vielä outoja ulkomaalaisia, meitä ujosteltiin ja epäiltiin ja tunnuimme aina jäävän työlistan loppupäähän. Yleinen vaikutelma oli, että kaikki olivat liian kiireisiä edes arvioimaan, milloin työ (suuri tai pieni) voitaisiin tehdä. Kysyimme "milloin", ja saimme vastaukseksi "en tiedä... on kiireitä... ehkä ensi kuussa, ehkä..." "Ehkä" on suomalaisten lempisana. Se antaa heille aikaa ajatella, eivätkä he sitoudu päivämääriin. "Ehkä" on hyvin suosittu.

Monta vuotta sitten tapasimme pariskunnan, jotka olivat juuri muuttaneet omakotitaloon lähelle keskustaa. Meille sanottiin, että he yrittivät ostaa talon, sillä se oli mukava ja sopivan matkan päässä kaupoista, tarpeeksi suuri koko perheelle, ja teini-ikäiset lapset voisivat kutsua sinne ystäviään. Talon omistajalle oli ilmeisesti tehty tarjous. Kun kysyimme, milloin he voisivat ostaa talon, vastaus oli väistämätön: "ehkä ensi kuussa"..."ehkä". He todella ostivat talon seuraavassa kuussa!

Kun kyläläiset näkivät meitä usein ja säännöllisesti, he alkoivat uskoa, ettemme pure ja maksamme laskumme. Tilanne parani dramaattisesti. Voin nyt sanoa, että meillä on erinomaisia työmiehiä, jotka auttavat meitä mielellään, ja joiden ammattitaitoon voimme täydellisesti luottaa.

Suomalaiset tutustuvat uusiin ihmisiin hitaasti ja varauksella, mutta kun he lopulta avautuvat, he tekevät sen koko sydämestään ja aidosti. Heidän luottamustaan ei kuitenkaan pidä pettää.

# TAKSIT

Monille syrjäseuduilla asuville suomalaisille taksi on ainut keino päästä kyliin ostoksille. Maassa on tietenkin oivallinen julkinen liikenne, ja bussit ajavat lähes minne tahansa kapeita ja vaarallisia teitä pitkin, jotka sopisivat paremmin hirville. Linja-autot eivät kuitenkaan pysähdy joka talon eteen värikkään postilaatikon luo.

Taksit ovat ratkaisu, ja taksikuskeista tulee monen asiakkaan tervetullut tuttu, erityisesti monille yksinäisille vanhuksille. Kuskeista tulee luotettuja ja avuliaita seuralaisia. Kylämme apteekin tai marketin edessä on usein taksi odottamassa vanhaa, uskollista asiakasta. Kun ostokset on tehty, kuski lastaa ne ja joskus myös pyörätuolin autoon ja ajaa tyytyväisen asiakkaan takaisin kotiin.

Kuulimme kerran, että eräs tietty taksikuski huolestui, kun hänen säännöllisesti kuskaamansa vanha rouva osti yhä suurempia määriä pullovettä ja näytti jatkuvasti väsyneeltä. Rouva asui yksin, ja hänellä kävi harvoin vieraita, joten vesimäärä tuntui oudolta. Kuski otti asiakseen ilmoittaa tästä kauas pohjoiseen muuttaneille sukulaisille, jotka pitivät rouvaan harvoin yhteyttä. Kuski ilmaisi huolensa tästä veden kulutuksesta, sillä sääkään ei ollut erityisen kuiva tai kuuma. Kaukainen sukulainen päätti tulla käymään ja viedä rouvan lääkäriin. Paljastui, että rouvalla oli sokeritauti, joka ei ollut ennen oireillut ja jota ei ollut huomattu. Kuski saattoi pelastaa hänen henkensä.

Eräänä talvena sairastuimme sitkeään flunssaan, joka kaatoi meidät molemmat petiin muutamaksi päiväksi. Emme voineet mennä ulos, olimme aivan voimattomia ja uskoimme loppumme

tulleen. Lopulta, kaiken lisäksi lauantaina, päätin soittaa lääkäri-
ystävällemme ja kysyä, mistä löytyisi kotikäyntejä tekevä
paikallinen lääkäri. Ystävämme kyseli oireistamme ja päätti
soittaa paikalliseen apteekkiin, josta järjestyisi taksikuljetus
antibiooteillemme. Vain tuntia myöhemmin taksi oli ovellamme
lääkkeet mukanaan. Maksoin taksimatkan, ja me paranimme.
Voin sanoa, että ystävämme ja tuo taksikuski suorastaan
pelastivat henkemme. Kun menin apteekkiin muutamia päiviä
myöhemmin maksamaan lääkkeet, sain kuulla, että taksikuski oli
jo maksanut ne ja lisännyt omaan laskuunsa. Kaikki oli hoidettu.

Taksikuskeihin tutustuu, heihin kehittyy lämmin suhde, heille
uskoutuu. Jos he ovat kesälomalla, pettymys on suuri – sitä
lähes kyseenalaistaa tosiasian, että hekin tarvitsevat joskus
lomaa.

Celia jäi yksin Suomeen muutamia kertoja Suomen-seikkailumme
alussa, ja hänen täytyi käyttää taksia päästäkseen asioille. Hän
osaa ajaa, ja hänellä on monta vuotta ollut englantilainen
ajokortti, eikä hän ole saanut sakkoja. Hän ajoi erittäin taitavasti
ja lujaa omaa urheiluautoaan. Monta vuotta sitten hän kuitenkin
tuli araksi ja päätti, ettei autoilu enää sopinut hänelle.
Ajamisesta oli tullut taakka ruuhkaisilla englantilaisteillä, ja hän
luopui rakkaasta autostaan. Hän ei ole mennyt rattiin sen
koommin, muutamia poikkeuksia lukuun ottamatta Suomessa,
jossa tiet ovat joka tapauksessa tyhjiä. Hän on saattanut ajaa
mökkitiellämme, missä vastaan voi tulla ainoastaan hirvenvasa
emäänsä etsimässä tai varpushaukka saalistuslennolla. Celia oli
siis riippuvainen takseista.

Yhtenä päivänä hän tutustui Markkuun, joka päivystää kylän
taksiasemalla. Celialle Markku oli vain taksikuski muiden

joukossa. Hän tuntuu olevan aina ajossa, koska hänestä pidetään. Kun hän ei aja taksiaan, hän rentoutuu usein lähtemällä vaimonsa kanssa pitkille moottoripyöräretkille ympäri maata. Talvisin hän moottorikelkkailee.

Markku ajoi Celian markettiin, ja kun he palasivat talollemme, hän nosti ostokset autosta. Tässä vaiheessa emme vielä osanneet suomenkieltä lainkaan, ja Celia yritti parhaansa mukaan kiittää Markkua suomeksi. Hän onnistui sanomaan "hyvää huomenta" useaan kertaan kiitoksien sijaan. Tämä muistetaan aina! Olemme ystävystyneet Markun ja hänen vaimonsa kanssa, vaikka olemme aina tehneet selvän eron yksityisten ja liikeasioiden välillä.

Aina kun saavumme Helsinki-Vantaan lentoasemalle, Markun ystävälliset kasvot ovat odottamassa meitä ensimmäisenä tervetulotoivotuksena Suomeen. Hän on pitkä, lempeä mies, jolla on pieni kumpumaha, luultavasti oluenjuonnista, hän on hulluna lapsenlapseensa Susannaan, ylpeä kodistaan ja perheestään sekä suurista intohimoistaan moottoripyöristä ja -kelkoista. Muutamia muita kohtaamisia lukuun ottamatta tapaamme Markkua vain saapuessamme kentälle tai lähtiessämme sinne. Vaikka olemme oppineet jonkin verran suomea, keskustelut Markun kanssa on nopeasti käyty jo noin 10 kilometrin päässä kotoa, ja loput kaksi tuntia kentälle kuluvat hiljaisuuden vallitessa, Celian silloin tällöin tarjotessa makeisia. Olen varma, että Markun mielestä olemme ikävystyttävimmät asiakkaat mitä hänellä koskaan on ollut. Kun tulemme Suomeen, olemme aina väsyneitä, kun joudumme heräämään aikaisin ehtiäksemme ajoissa kentälle. Tästä syystä nukahdamme taksiin melkein saman tien ja heräämme vasta kun olemme jo melkein kotona. Olen myös melko varma, että Markku on pyytänyt ystäviään soittamaan hänen matkapuhelimeensa aika ajoin matkamme aikana, jotta hän muistaisi, että planeetalla on edelleen elollisia olentoja. Hän on kuitenkin uskollisesti aina paikalla kun tulemme, hymyillen lämpimästi. Tunnemme saapuneemme Suomeen.

Hän on myös aina viimeinen kyläläinen, jonka näemme mennessämme lentokentän ovista sisään, työntäen kärryjämme kohti matkatavaraselvitystä palataksemme Englantiin. Ensi kerrallakin Markku on meitä vastassa ja monilla tulevillakin kerroilla. Suomi on mennyt meille veriin, pysyvästi!